JN285765
BOOGIEPOP
PARADOX
ブギーポップ・パラドックス
ハートレス・レッド
上遠野浩平
Kouhei Kadono
イラスト●緒方剛志
Kouji Ogata

ミセス・ロビンソンの釈然としない感覚
こんなに幼いあなたなのに——
見つめる眼差しの先には一体何があるの？
輝かしい幸福が待っているとか思ってる？
自分には強運がついているって感じてる？
周りの誰よりも自分が賢いと考えている？
辛いことにも負けないと心に決めている？
それとも——
あなたはすべてを信じていないのかしら

炎の魔女と傷物の赤

運命が追いかけてくるのか
運命を追いかけているのか
わかっているのはただ一つ
彼女たちには疾走の宿命を
停めるつもりが一切、ない

果てに待つものが絶望でも
ひたすらに徒労が続いても
少女たちは何処かを目指す
脇目も振らず息せき切って
向こう側にと、走り続ける

「未来がなくても、生きていける？」

「過去があっても、明日へ進める？」

「……馬鹿馬鹿しい」

「目の前には現在《いま》しかないじゃない」

「そうね、現在《いま》だけあればいいわね」

「そうそう、後に何かが起こっても」

「昔にひどいことがあったとしても」

「あたしたちの知ったこっちゃない」

未来と過去と
「——それでも」

「未来がないのは変わらないけどね」

Design Yoshihiko Kamabe

私は絶対にあなたを裏切りませんよ。あなたをハイな気持ちにさせたこの私を見て下さい
あなたの腕の中にいるときに感じる安心は、まるで砂の中に顔を突っ込んでるみたいです

——レッド・ホット・チリ・ペッパーズ〈救世主〉

激しいノックの音が、狭いアパートの一室にどんどんと響きわたっている。

「………」

室内には小学生くらいの少女が一人いるだけだ。彼女は歯を食いしばって、揺さぶられるドアを睨《にら》みつけている。

周りの部屋の住人たちは、この騒ぎにも顔を見せない。と言うよりも、明らかに避けていた。

「………」

少女は、鍵がかかってはいるものの、そのドアがいずれ破られてしまうことを知っている。それでも、彼女はただがらんとした、家具類が全部売られるか持ち去られた後の室内にただひとり残っている。

「おら開けんかい！　ああん、いるのはわかってんだよ！　借金を今日こそ、耳ィ揃えて返してもらおうか！」

「往生際が悪いぜ！」

「人から金借りといて返さねえって法はねえぞコラ！」

野太《のぶと》い男たちの罵声《ばせい》が、ノックの音に混じって飛んでくる。

少女はその中で、ひとり剝《む》き出しの畳の上にじっと座っている。

やがてドアがとうとう蹴破られた。

「おうコラ！　……っと？」

男たちは、室内には既に何もなく、そこには一人の少女が座っているだけなのを見て虚を突かれた。

「なんだテメエは？」

訊かれて、彼女は静かに答えた。

「あたしはこの部屋の住人よ」

「奴のガキか？　おう、親父はどうした？」

「逃げたわ」

彼女はきっぱりと言った。

「……なんだと？」

「夜逃げしたのよ。もうここにはいないわ」

それはとても子供とは思えない、落ち着いたものの言い方だった。

「…………」

男たちは、そんな彼女の態度に一瞬どう反応していいかわからず、絶句した。

「……なんでおまえは残ってんだよ？」

目指す相手に逃げられて、腹を立てるべきところで彼らはついそう訊いてしまう。

「あたしは嫌だわ」

彼女はゆっくりと首を横に振りながら言った。

「もうたくさんよ。逃げ回って、それでどうにかなるわけでもないのに、やっぱり逃げるしかなくて……そんなことはもう嫌。うんざり。飽き飽きしてんのよ。だから、あたしはやめたの。もうあの男や女の娘じゃなくなることにしたの」

幼い子供が言う科白《せりふ》とも思えなかったが、逆に子供しか言うことのできない言葉ではあった。

「つ、つまり——おまえ、この部屋から逃げ出した親から——逃げてきたのか?」

借金で首が回らなくなって、生活を捨てて夜逃げした親から、さらに逃げてきたということか? こんな小さな子が、たった一人で両親すら逃げ出した過酷な環境に戻ってきたというのか?

「逃げたのはあいつらで、あたしじゃない。あたしはもう逃げない」

彼女は物怖《ものお》じする気配すら見せずに断言した。

「…………」

さすがの強面《こわもて》男たちも、この少女の度外れた意地っ張りぶりに色をなした。とはいえ、だからといって彼らが、こうやってのうのうと残っているこの少女に手を出さないということはない。これは獲物であり、獲物はそれがどんな態度を取っていようが逃してはならないのが彼らの世界の掟なのだ。それを破ったら自分が獲物の側に回ることになるからだ。

「……とにかく、おまえにはウチに来てもらうからな。そこまで言うんだ、覚悟はできてんだろう？」

幼い少女だからこそ、商品として成立する市場というものが裏の世界にはあるのだ。

男たちのうちの一人が、少女の腕を掴んでやや乱暴に畳の上から引き上げた。

ここで少女の表情が変わる。だがそれは大人がこういうときに子供が見せるだろうと考えるのとはまったく逆に、

——にやり、
と笑ったのだ。

「おじさん——あんたって変わったところに〝鍵〟があるのねえ？」

意味不明のことを、突然に言った。

え、と男の目が丸くなったかと見るや、少女はその小さくて可愛らしい手を差し上げて、男の脇腹の辺りで空中で何かをつまむようにして、くいっ、とそれをねじった。

「——がちゃん」

悪戯《いたずら》っぽく呟《つぶや》いた。

その自信たっぷりな態度に、男はちょっと怯《ひる》んだ。そしてそこにたたみかけるように、彼女は言葉を続けた。

「一瞬あんたはあたしのことを〝なんか気味が悪いな〟と思ってしまった――その気持ちに今、あたしが鍵を掛けてしまった」

彼女の口元はきゅうっ、と吊り上がっていて笑っているのだが、しかし目だけが細くならずに男の顔を見つめている。

「そしてあんたはもう、一生の間ずうっとそのまんま、気味が悪いという気持ちが続いて終わることがない――その気持ちにあたしが鍵を掛けてしまったからね」

「……な、何を言ってやがるんだ？」

男は訊き返したが、だがそう言われてみれば、なんだか胸や胃の辺りに固いしこりができているような気がしてきた。

そして、それが全然消えないのだ。

「な、なんだ……？」

「どうしたんだよ、おい？」

仲間たちが男の様子が変なので肩に手を乗せた。すると男は「わっ」と声を上げて彼女を掴んでいた手を離してしまった。

ふたたび彼女は畳の上に落ちて、そのまま座り込む。

にやにや笑いながら、男たちを見上げている。

「お、俺に何をしたんだ？」

自分の胸ぐらを摑んでいる男の顔には脂汗が浮いている。

「だから〝気味が悪い〟っていう気持ちに鍵を掛けたんだってば」

「うう……？」

「おい、何やってんだ？　ああ？」

他の者が彼女に手を伸ばしてきた。すると彼女は、今度はその男の肩の辺りでまた「がちゃん」と奇妙なジェスチャーをしてみせた。

「な、なんだ？」

「あんたは〝なんだか訳がわからない〟という気持ちね」

彼女は平然とした口調で言う。

言われた男はぎょっとして身を退《ひ》くが、なんだかおどおどした調子で辺りを見回したりし始めていた。

なんだか様子がおかしい、と全員が気がついていた。

「あのさあ、どうしてあたしが一人で、こうやって部屋にいると思う？　夜逃げしてったあいつらがさ、あたしを放ったらかしにしても平気なのは何でだと思う？」

「…………？」

「それは、あたしが〝気味の悪い子〟だからよ。あたしはずうっとそう言われながら育ってきたのよねえ……」

ひひひ、と彼女はまるで老婆のような笑い方をした。

ううっ、と男たちが後ずさったのは、確かに彼女に接触した二人の顔色が尋常でないものに変わってきていたからだ。真っ赤になったり、蒼白になったりとまったく落ち着きがなくなっていた。

「あははは、まるで信号機ね！　赤と青にテンメツしているわ！」

彼女はけらけらと笑った。

だが……男たちの視線から隠すようにしている、後ろで組んだ小さな手は真っ白になるほどに握りしめられて、そして小刻みにかたかたと震えていた。

だがその様子は男たちからは見えない。

「……お、おい」

「あ、ああ。こいつ、まさか……」

などと、自分たちだけでひそひそと何かを囁《ささや》きはじめた。

（………？）

彼女はそんな男たちの様子に疑問を持ったが、しかしそんな内面はおくびにも出さずにさらにここで追い打ちをかける。

「さあ、あたしをどこかに連れて行くんでしょう？　いいわ、どこへでも連れて行きなさいよ。でもそうやってあたしに触った後で、永遠にむかむかする気持ちを抱え込んでいてもいいならね――」

彼女の、このふてぶてしい物言いに、男たちはもう話しかけようとはせずになにやら一人が携帯電話でどこかに連絡を始めた。

「――はい。そうです。言われていたような〝態度〟にそっくりなんですよ。それで、こいつはもしかして、とか思いまして――」

……などと意味のよくわからないことを言っている。

彼女はすごく気を引かれていたが、しかし、だからといって男たちを不安げに見回したりはしない。そこらへんの子供のように、大人の顔色をこっそりとうかがうような情けない目つきなんかしてやるものか、と心の中で固く誓っていた。そう――そんな目をするくらいなら死んだ方がマシだ。

〝……頼むよ。おまえならあいつらを何とか止められると思うんだ。父さんたちが平和に暮らすためなんだよ〟

〝あんたならできるでしょう？　私たちなんかよりも機転がきくしさ、ほんとにこんなときに役に立ってもらわなきゃ気味悪いのを我慢して育ててきた意味ないわ〟

〝お、おまえそれは言い過ぎじゃ〟

〝なによ、あんただってそう思ってたんでしょう？　今さら善人ぶらないでよ！〟

……耐え難かった。だから彼女は涙ひとつ見せずに「いいわよ。やるわよ。好きにどこにでも行きなさいよ」と答えたのだ。覚悟はそのときにすませてある。今さらビクビクしたりはしない。

そうやって、しばしの時間が過ぎた。実際にはそれは一時間足らずといった時間だったのだが、その場にいた者はすべてそれが何日もかかったかのような長さに思えた。

こんこん、とドアが軽やかな音を立ててノックされた。誰かが来たのだ。おそらく、男たちが電話を掛けていた相手であろう。

（………）

少女はやや身構えた。このおっかない男たちが恐縮しきった態度であわててドアを開けたからなおさら、そこにどんな怖い奴が現れるのだろうかと思ったのだ。だが、予想に反してそこにいたのは女だった。

歳の頃は三十代後半から四十代といった感じの、そこらのデパートで売っていそうな既製品のワンピースを着た、いわゆる〝おばさん〟だったのだ。多少痩《や》せぎすで、でも冷たい感じがしないのはニコニコと顔に明るい笑みを浮かべているからであった。

「この子がそうなの？」

その女は、外見そのままの優しげな声で男たちに訊いた。すると男たちがいっせいに頭を下げて「は、はいミセス！」とどこか怯えたような声で返事した。

「ふうん……？」

ミセスと呼ばれた女は腰に手を当てて、少女に顔を近づけてきた。

「あなた、おいくつ？」

「人にモノを訊くときは、先に自分が言うものじゃないの？」

少女は優しげな様子に油断せずに、あくまでも強い態度である。

するとミセスは「うーん」とちょっと困ったような顔をした。

「私の年齢、ね。実はそれは自分でもよくわからないのよ。どれくらいの長さ〝調整〟されていたのか、自分では覚えていないものだから」

ミセスは不思議なことを言う。

「……？」

少女は、さすがに眉が寄った。そこにミセスはかまわず話しかける。

「ところで、あなたが他人に見えるっていうその〝鍵〟だけど、それはいつ頃から見えているのかしら？」

「なんであんたにそんなことを答えなきゃならないの」

「あら、だって――」

ミセスは微笑し、そしてさらっと言った。

「私がこれからあなたのお母さんになるんだもの。娘のことは訊いておかなきゃならないでしょう？」

あまりに簡単な調子だったので、少女は一瞬何を言われたのか理解できなかった。

「……なんですって？」

「もちろん断ってもいいんだけど。でもそのときはあなた、今この場で殺されるわよ」

静かな口調である。

「…………」

少女は厳しい顔になる。彼女にも、それが脅《おど》しでも何でもなく、事実を言われているのだとわかったからだ。

「まあ、わかりやすく言うとね。あなたみたいな特殊な能力を持っている人は世界中に他にも大勢いるらしいのよね。で、私が属している〝システム〟は、そういう人たちを監視して、警戒している——危険ならば殺すし、役に立つなら味方につける。もっとも、どうやって役に立てればいいのか、まだ決まった答えはないらしいんだけどね」

ミセスは淡々とした口調で、それを知った者は〝ただではすまない〟ことを喋《しゃべ》った。後ろに立っている男たちは全員蒼い顔をして、直立不動でがたがたと震えている。

「だから、あなたにも味方になってもらう。システムの——〝統和機構〟のね。断ったらこれは〝敵〟ということになるから、どんな被害を受けようが、私がこれから一生ずっと恐怖だか嫌悪感だかに囚《とら》われ続けて眠れなくなって衰弱死しようが、構わずに攻撃しなくてはならない。そうしないと、私の方が統和機構に、すぐに殺されることになってしまうのよね、これが」

「…………」

「どうかしら？　どうもあなたの能力は、直接的な攻撃を受けとめたり、かわしたりすることには向かないようじゃない？」

「……変わった〝力〟なら、なんでもいいってわけなの？　それがあんたたちの欲しいヤツと違っていたらどうするのよ？」

「ああ、統和機構はとにかく今は〝サンプル〟を集めることこそが先決だと考えているらしいから、その中身まではあんまり問われないのよねえ」

おばさんがよくやる〝あらいやだ〟と手のひらを縦に振る動作をミセスはしてみせた。

しかし、彼女が言ったことはこの辺りまでのことである。このわずか半年後には統和機構は〝マンティコア・ショック〟と呼ばれることとなる〝怪物の脱走〟事件に遭遇し、以後の〝規制〟を一層厳しくすることになるからだ。結局この怪物は何年も発見されずに野放しになって、あげくに消息不明で事件は終わるが、それはまだまだ未来のことだ。

「………」

少女はミセスを睨みつけるように見つめ続けている。

「で——どうする？　お嬢ちゃん」

「嫌味ね」

「ん?」

「断ることなんかできないってわかっている癖に」

少女が言い放つと、虚を突かれたミセスはちょっと眉を寄せて、しかしすぐにからからと笑った。

「物わかりのいい子ね! 察しがいいわ」

「だから気味が悪いって言われてんのよ」

どこかふてくされたように、少女は言った。

「ええと、名前はなんていうのかしら? 改めて教えてくれないかしら。ちなみに私には一応〝ミセス・ロビンソン〟という名前が付けられているけど」

この問いに少女はちょっと息を吸い込んで、そしてわずかな決意を語尾ににじませながら言った。

「九連内《くれない》朱巳《あけみ》」

それは誰にも悟られてはならぬ決意である。

彼女が今、やっているこの〝演技〟を決して見破られてはならないという——

そう、すべては口からのでまかせなのだった。鍵が見えるとか、それを固定するとか、そんなものは全部嘘っぱちなのである。ただ暗示をかけて、人にそんな気にさせているだけだ。かつてふざけて言ってみたら、大人でもびっくりしたので〝これは使える〟と何年も試して熟練を積んできた詐術なのである。

だがもしこれが知られたら、たちまちこのミセス・ロビンソンとかいう女は彼女は殺すだろう。

「アケミちゃんか。可愛い名前ね。名字の方はなんだか物々しいけど」

ミセス・ロビンソンはうなずいた。それは明らかに〝承認〟というニュアンスのうなずき方だった。

「名前がえらそうなら、負けずにこっちもえらくなればいいんでしょう？　まあ私を作った連中にゃ、それができなかったけどね——」

冷たく突き放した少女の言い方に、その場にいた全員が少し「………」と息を呑んで、押し黙ってしまった。

……どうして少女はかくも我《が》が強いのか。

その理由はおそらく、こうして意地を張っている九連内朱巳本人にすらわからないだろう。

訊ねることができるなら彼女はきっとこう答えるだろう。

「うるさいわね。人の勝手でしょ。ほっといてよ。あたしが意地を張るのと、あんたと何の関係があるっていうのよ？　悪いけどあたしはあんたと関係なんか持ちたくないんだからね！」

……だが、その意地のせいで彼女は今や抜き差しならぬ状況に陥った。彼女はこれからずっと、世界を制しているシステムを相手に、舌先三寸の詐欺《さぎ》を働き続けなくてはならなくなったのだ。彼女はいったいどこまで、このほとんど余所《よそ》に根拠の見いだせぬ意地を貫くことができるだろう？

しかしそれをやめたいと弱気になったとしても、この九連内朱巳には助かる道がもはやどこにもない。その先に何が待っているのか彼女は今のところ大して気にかけていないし——気にしてもしょうがない。他の選択肢はないのだから。

……そして数年後、この少女はいま一人の少女と出会うことになる。その少女もまた、彼女に負けず劣らず意地っ張りで、負けん気が強くて、そして非常に変わっていた。彼女はとても実在などしそうにないあるもののことを固く信じているかのようだった。その概念はまだこの世に形もないが、それに近いもののことならば人はこう呼んでいる。

——〝正義の味方〟と。

BOOGIEPOP PARADOX

ハートレス・レッド

"HEARTLESS RED–THE UNUSUAL CONTACT OF VERMILON HURT & FIRE WITCH"

第一章　傷物の赤

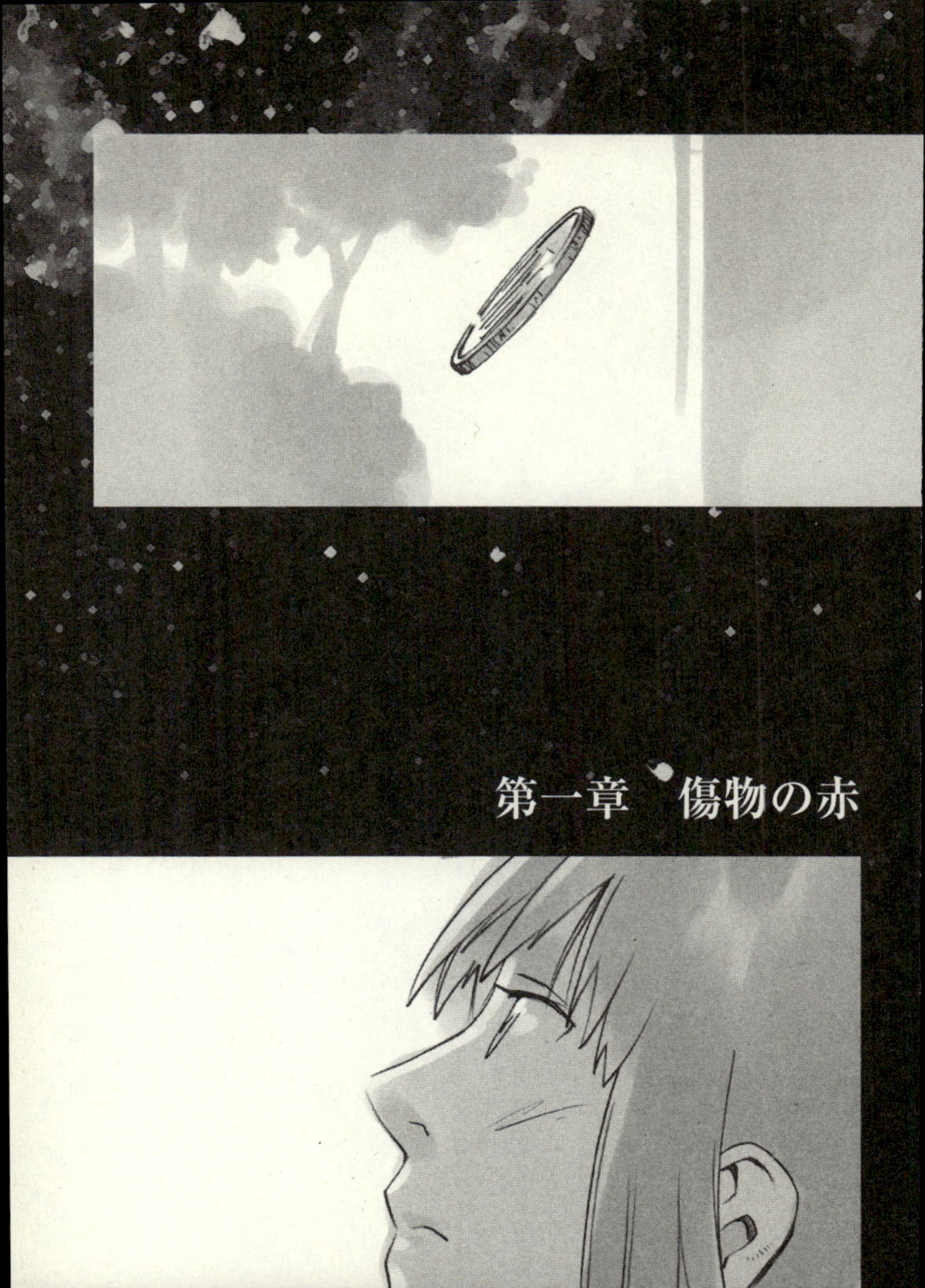

『傷つかぬ者など存在しないが、本当の意味で傷つくことが平気な者もいない――はずだ』

――霧間誠一〈ヴァーミリオン・キル〉

1.

クラスでは朝のホームルーム前から、病気で一年も休学していたとある女子生徒の復学のことで持ちきりだった。

「でもさ、実際のところホントは病気じゃないって噂《うわさ》もあるのよ。なんか病名が訳わかんないんだって」

「そうそう、あの娘《こ》すっごい金持ちでしょ。で、財産を狙ってる連中から隠れてたって話よね」

「なんか怖《こ》えよなー。ちょっかい出したらボディガードとか出てきたりしてよ」

「あはは、男の癖に情けねーこと言ってんじゃねーよ。でもマジっぽいわよね」

「俺、あいつが去年まだ学校にいた頃に見たことあるけどさ、やっぱりなんかおっかない目つきしてたよ、うん」

無責任なことをぺちゃくちゃと喋りあっている。

そのとき、ひとりの女子生徒がゆっくりとした動作で教室に入ってきた。

「みんな、おはよう」

彼女が言うと、クラス中の生徒が顔を向けて、

「おはよう九連内さん！」

と親しみと敬意のこもった挨拶を返した。

「なんの話をしているの？　誰がおっかないって？」

十四歳になっている九連内朱巳は、鞄を自分の机の上に置きながら訊《たず》ねた。

それに隣の席の女子が答える。

「ああ、そうか。九連内さんは去年転校してきたから知らないんだっけ。学校を一年以上も休んでいた子が今日とうとう来るらしいのよ」

「ああ、それはもしかして——」

朱巳はちょっと首をかしげて、そして生徒名簿上では名前があるのに、まだクラスで見かけたことのないその生徒の名前を口にする。

「——〝霧間《きりま》凪《なぎ》〟って人？」

「そうそう！」

「金持ちなの？」

「売れっ子作家の一人娘って話よ」

「へえ……？」

朱巳はちょっと眉をひそめた。

そんなことまでは調べていなかった。少しうかつだったな、と内心で舌打ちした。今回の〝任務〟では学校内の大抵のことを把握しておく必要があるのだ。チェックが遅れた。

「でも、この学校って入院している人が多いわよね。三組とかだと二人もいるしさ」

彼女はさりげなく、任務に関連した話に持っていく。

「ああ、そうねえ。五組にもそういう人がいるって話よね」

「なんか〝病気〟でも流行《はや》ってんかしら？」

そう、統和機構ではこの学校の生徒数名に起きているその現象のことを便宜上〝病気〟と呼んでいるのだ。

「やだ、怖いこと言わないでよ！　……でも霧間凪はその辺とは関係ないでしょうけど。ちょっと前過ぎるし」

「ふうん」

……しかし病気だとしたら、潜伏期間というものもあるのだ。ましてや今回の場合、その〝病気〟というものがウィルスであるとか汚染物質であるといった原因を特定できないのだから、もしも〝感染源〟というものがあるとしたら……。

（霧間凪、か……これは直接確認しておかなくてはならないでしょうね）

朱巳はその女子生徒がやってくるのを待つことにした。

だがチャイムが鳴り、ホームルームのために教師がやってきても霧間凪という女は姿を見せなかった。

「先生、霧間さんという人は？」

朱巳は、物怖じしない態度で教師にいきなり訊いた。そして、それは教室で違和感をもたらさない。彼女は新学期が始まってまだ一ヶ月足らずの間にこのクラスのリーダーみたいな存在になっていた。

「ああ、来ていないんだよ。連絡もないしな。家に電話しても出ない。たぶん遅れているんだろう。まあ長いこと休んでいたからな」

教師は投げやりな口調で言って、さっさと通常のホームルームを始めてしまった。その心配をまるでしていない感じに、どうやら学校側でもさっきの噂のように入院は狂言であろうと考えているらしいことが察せられた。そして彼女が疎《うと》んじられている〝問題児〟だということも。

どんな女なのだろう、と朱巳はますます興味がそそられてきた。

そのとき、彼女の肘《ひじ》をちょんちょんと突ついてくるものがある。

見なくともわかる。それは小さく折り畳まれたメモだ。

そこに何が書かれているのかも、見なくとも察しは既に付いている。

彼女はそれを回してきた者の方に視線を向けず、メモだけをさりげなく受け取った。

そこには大体、こんなことが書かれていることになっている。

『〝傷物の赤〟さん、おねがいします。たすけてください』

そういう風に、彼女は周りに教育をすませてあるのだった。

手にした五百円玉を指先で弾《はじ》いて、摑んで、開いてみると今日は表だった。

「……じゃ、ちょっと仕事でもしますか」

＊

放課後の、いつもの作業を終えて、相手も帰ってしまうと、九連内朱巳は問題の生徒たちの大半が入院している病院に向かった。

そこは築二十年を経て、すっかり薄汚れてそろそろ立て替えた方がいいんじゃないかというようなところだが、そのくせ入院患者がやたらに多い。

半年ほど前に、近くにあった大きな県立病院がいきなり潰《つぶ》れてしまい、そこに入っていた患者の大半が近所であるここに移されてきたのだ。むろん全《すべ》てが移動してきたのではなく半分以下という人数ではあるのだが、それでもこの病院からすると多すぎて、その許容範囲を遙かに超えた作業量に医者や看護婦、一般職員たちは自分らの方が参りつつあるような状態だ。

そのごった返す中を九連内朱巳は馴れた足取りで進む。

初老の医師が、やって来た彼女を見て、かすかに会釈した。

そして二人はエレベーターがあるので滅多に人が通らない階段を並んで昇りだした。そしてぼそぼそとした声で、歩きながら話し出す。

「……監視対象の経過には変化がありません」

医師は、孫と同じくらいの歳のはずの朱巳に丁寧《ていねい》なものの言い方をした。

「どれも悪くもなっていないわけ？」

そして朱巳も、そのことにまったく頓着《とんちゃく》しないで訊ねる。

「はい、相変わらずぴくりとも動かず、そのくせ身体のどこにも異常は見られません。そろそろ一部の医者からは、もっと大きな病院に移すべきだという意見も出ています」

医師は、別に本物を殺して入れ替わった偽者《にせもの》というわけではない。勤続十年以上の本物の医者だ。だが同時に、彼は統和機構の端末でもあるのだった。彼がこの病院に入院してきた奇妙な患者のことを報告してきたことから、九連内朱巳の今回の任務が始まったのである。

「でも、今残っている連中は、家族にこれ以上高い入院費をまかなう余裕のない連中なんでしょう？」

「はい。病名もはっきりしないから通常以上の保険もおりませんしね」

「ハードね、まったく」

朱巳はちょっとため息混じりに言った。ほんの少しだけ悲しげで、しかし彼女はすぐにせせら笑うような顔つきに変えた。

「連中は、やはり〝本体〟ではないという感触なのね？」

「おそらく。自身が変化しているのならば、体内機能に揺らぎがあるはずです」

「では何者かに、何かをされたと見るしかない訳ね？」

「そのためにあなた方が出てこられたのでしょう、フライディさま」

医師はまたかすかに頭を下げた。

「まあね……そういうことになるんでしょうね」

〝フライディ〟と呼ばれて、朱巳はわずかに顔をしかめた。それが彼女のコードネーム……いや、今ではそっちの方が本名で、九連内朱巳の方こそがカムフラージュなのだが、彼女はやっぱりその名があまり好きではない。

「誰か、対象に接触してきた者はいる？」

訊かれて、医師はちょっと口ごもった。朱巳は「ふん」とかるく鼻を鳴らした。

「いるのね？　前もって言っておかないと面倒なことになるわよ？」

「……新しいところでは女が一人来たようです。私が目を離していた隙に来て、ちらっと見ただけで帰ったと看護婦が言っていました。来院者名簿にはそれらしき記入はありませんでした」

何しろこの病院は忙しいので、誰も細かいところまではチェックできないのだ。

「女？　何歳ぐらいの？」

「よくわからなかったと言っています。中学生ぐらいにも、あるいは大人のようにも見えた、と」

「……学校にいる奴かしら？」

「かも知れません。その判断はそちらでどうぞ」

「また来たときは、今度はちゃんとデータを揃えておきなさいよ。そうでなきゃわざと面会謝絶にしてない意味がないわ」

朱巳の言葉はさりげないが、こういうときはその方が凄《すご》みが出ることは彼女は知っている。

医師はやや顔を青ざめさせて、

「……わかっています」

と暗い口調でうなずいた。

「それじゃあ、私もちょっと彼らに面会してみましょう」

朱巳は階段を昇っていた足を停めて、そして今度はエレベーターのある方に足を向けた。

「…………………」

患者は目を開けたまま、微動だにせずにベッドの上に横たわっている。

朱巳が、ちょい、と指で瞼を閉じてやれば、それは簡単に閉じて、そしてまた動かなくなる。

病室には彼女と患者の二人だけだ。医師はこういう目立つところでは彼女と接触を避けることになっている。

息をしているのか、していないのか、外見からではほとんど区別がつかない。肺に空気は入っているようだが、胸が動いて吸い込んだり、吐いたりといった動作が見られない。この手の患者は喉《のど》に空気を送り込むための穴を開けて、さらに高価な生命維持装置に繋《つな》がなければ生きてはいられぬはずなのだが、そんな必要もなく、だがその理由もわからず、とにかく死なないのである。

「……まったく、生きてんだか死んでんのかさっぱりわからないわね」

この患者は半年近くもこうやって動かないままだ。しかし、そのくせこういう患者が陥る筋肉の収縮であるとか、床《とこ》ずれのひどい傷などがまったく起きない。点滴で栄養を補給しているのだが、普通は肉体というものはそれだけでは保《も》たないのだ。どうしても衰弱するのを避けられない。人間というのは動くようにできているのであり、いくら栄養を補給しようとも、活動しないところは衰えていくのを停められないのである。

そのはずだ。だがこの患者は、ここに入ってきたときから、ずっと変わらないでこのままなのだ。何しろ、髪や爪すらも伸びないのだ。普通はどんなに寝たきりになろうが、衰弱しきろうが、死ぬ寸前であろうが身体の伸びるところが停まることなどないのにも関わらず。

「まるで人形ね……このまま栄養を補給し続ければ、死ぬこともないいんじゃないかって気になってくるわね」

他のあらゆる生物が死滅した後も、この患者と同じような症状の連中だけが、貯えられた栄養タンクにつながれて生き続けるという空想が朱巳の脳裏に浮かんだ。かなりグロテスクだと自分でも思った。

そういうことをつい考えてしまう自分のことも含めて。

「……ハードね」

朱巳は呟いて、何気なく窓の外を見た。

すると、眼下の駐車場に一人の女が立っていて、こっちの方を見上げていた。

眼が合った。

「………」

朱巳は眼を逸らさず、そのまま女を見つめた。

「………」

女の方も視線を外さず、二人はかなりの距離を挟んで、まるで睨み合うように見つめ合う。

変わった女だな、と朱巳は思った。外見は彼女と同い歳かそこらの少女にしか見えないが、革のつなぎなどという物を着ていて、それが似合っていて、二十歳過ぎといわれても信用できそうな雰囲気があった。

女は朱巳から眼を逸らさない。

そして朱巳も、自分の方から視線を外そうとはしない。

そのまま、時間が停まってしまったかのように世界が静止する。

朱巳には、すでに見当が付いていた。

(――こいつだ)

この病院にやってきて〝患者〟たちを観察していったのは、この女に間違いあるまい。だが、なんのために?

直感だが、ただ友達だからとか親戚だからといった理由ではない。それ以外の目的があるに違いない。

(何者だ……? 只者《ただもの》じゃなさそうだな)

やがて時間が動き出す。

駐車場の少女の方が先に動いた。顔を別の方に向け、そして停めてある自転車の方に歩いていって、それに乗った。ただの自転車ではない。朱巳にはよくわからないが、レーサーなのか、マウンテンバイクなのか、ごつい変速ギアが付いていて、とにかく頑丈《がんじょう》そうで速そうで本格的で、少なくとも中学生の女子が軽々と乗るような物でないことだけは確かだ。

朱巳は女が駐車場から出て行くところまで見送った。

……そして朱巳が眼を逸らしたその瞬間につなぎの少女は自転車を停めて、路上からまたその病室を見上げた。

「……何者だ? 只者じゃない……」

彼女は小声で、朱巳が思ったのと同じことを呟いていた。なんだかその表情までも似ていた。

二人とも、相手がどうあろうと自分の方は変わらないぞ、と言っているような、警戒と疑問と、そして、ほんの少しの敬意を相手に示す、そんな眼をしていたのである。

これが変わり者の二人、九連内朱巳と霧間凪の奇妙な因縁《いんねん》のはじまりだった。

2.

内村杜斗《うちむらもりと》はクラスの中でも控えめな生徒である。

九連内朱巳がこの少年のことを気にしだしたのは、単純に消去法によるものだった。

彼女がクラスの連中にやっていることを、この杜斗は最後まで願い出てこなかったのである。

だからある日、彼女はこの少年に声をかけてみた。

「内村くん、あなたって自信家なの？」

「え？」

放課後の、他の者たちが皆帰ってしまって、二人きりのところでそんなことを言われて、内村杜斗はあきらかに戸惑いと動揺を顔に見せた。

「自信、あるんでしょう？」

朱巳はそんな彼の顔色など気にせずに、さらに訊いた。

「な、なんの自信ですか？」

「自分に」

「……は？　そ、そんなことないですよ」

「そうかしら？」

朱巳はゆったりとした微笑みを浮かべた。

「そう言いつつも、自分には揺るぎない確固としたものがあると、心の底で思っているんじゃないの」

「い、いや別に、そんな」

あわてた感じで首を横に振る。

はっきりしない男である。しかし成績は優秀だ。朱巳はクラスの連中全員の、去年の通知表をチェック済みなのだ。まんべんなく高成績でスポーツも得意だ。しかし、なんとなく目立たないのである。控え目な性格などというものはこの世に存在しないというのは朱巳の持論だ。それは単に、その人間の自己顕示欲が空回りしている結果に過ぎない、と彼女は断じている。その理論に則《のっと》れば、この内村杜斗も何らかの形で自分というものを表現しているはずなのである。

彼女は、ずっと気になっている。

「……ねえ、内村くん？」

「はい、なんですか」

「なんで敬語なの？」

「え？　……い、いや別に、なんとなく」

「私が怖いのかしら？」

朱巳は唐突《とうとつ》に訊いた。この場に他の者がいたら、内村はおどおどしすぎだが、彼女は物怖じしなさすぎだと言われただろう。だがここにいるのは二人だけだ。

訊かれて、内村はここですこし変わった反応を見せた。

にっこりと笑ったのだ。

「――いいえ？　怖いということはないですよ」

さっぱりとした口調で、妙にさわやかに言った。

朱巳は、なんだか胸を突かれるような感覚を受けた。

「……でも、みんなから訊いてはいるんでしょう？　私の、その――」

「才能、ですか？」

内村はにこにこしたままで言う。

「そう、ちょっと怖いとか思わない？」

「ひとはひとそれぞれでしょう？　僕なんかは特にこれというものがないから羨《うらや》ましいなあ」

無邪気な調子で言う。簡単に言ってくれる、と朱巳はちょっと呆《あき》れた。だが心のちょっとの部分だけだ。それ以外の大半では、彼女は――

「内村くん、あなたって変わってるわ」

「そ、そうですか？　そんなこと言われたことないけど」

「ううん、変わってる、絶対に」

「なんで？」

「だって、私が気に入るものって、大抵すっごく珍しいものばかりなんだもの」

朱巳はウインクしながら言った。

こうして二人のつきあいは始まった。


平穏な日々が過ぎていったが、それが破られる朝が遂にやってきた。休学から復校していたにも関わらず姿を見せなかった霧間凪が、とうとう登校してきたのである。

「あー、みんなも知っていると思うが、この霧間さんは長いこと病気で学校を休んでいて——」

朝のホームルームで、教師は実にやりずらそうに彼女をクラスに紹介した。

朱巳はちょっと驚いていた。

（——あのときの女じゃないの）

朱巳が監視している病院にやってきていた、あの女に間違いない。そして、向こうもこっちを見ていたが、特に驚いた表情は見せない。

「どーも、霧間です」

彼女は感情のこもらない声で、投げやりな自己紹介をした。

（……こいつ、病院で私に会ったことがわからないのか？　いや、そうではないな……）

朱巳はすぐに判断した。

こいつは、もう知っているのだ。

既に調べをつけて、自分のクラスに病院に頻繁《ひんぱん》に出入りしている人間、つまり九連内朱巳がいることを知って、それで学校に戻ってきたのである。

（……私としたことが、先回りされた、ということか……）

朱巳は小さく舌打ちした。

なんだか、すごく悔しかった。

やや鋭い目で霧間凪を睨みつける。だが凪の方はそっぽを向いていて、クラスの一角に視線を合わせている。その先にはあくびをしている男子生徒がいた。

「ふわあああ」と大きくやっているそいつが気に入らないのか、凪はそいつばかりを見ている。

「……えーと、霧間さんには馴れないこともあるだろうから、みんな彼女を色々と助けてやって――」

教師がどうでもいいようなことを言っていた、そのときに事件は起こった。

さっきから男子生徒のあくびばかりを見ていた凪がいきなり、

「――ふざけるな！」

と怒鳴ったかと思うと、教室の真ん中に突進してきたのだ。

わっ、と仰天《ぎようてん》した者たちがあわてて避けるのにも構わず、机や椅子を蹴り飛ばして彼女は突撃し、そしてあくびの男子生徒の襟首《えりくび》を掴んで、吊し上げた。

男子は真っ青な顔をしている。

「あ、あう――」

「馬鹿野郎が！」

凪はそいつを怒鳴りつけると、いきなりその腹に強烈なボディブローを叩き込んだ。うげっ、となった男子に、凪はさらにばしっばしっ、と激しく往復ビンタまで喰らわせた。

クラスの全員、教師を含めて、唐突なこの事態に反応できなくて茫然《ぼうぜん》としている。

「あ、あのね、ちょっと――」

さすがに朱巳も、あくびをしていただけでこのキレ方はないだろうと席から立ち上がった。

だがここで、さらに予想外のことが起こった。

「――ぶぶふぶばっ！」

と吊し上げられていた男子が奇声を発したかと思うと、その口から夥《おびただ》しい異物がげろげろと吐き出されたのだ。

それは胃液と言うには奇怪な、紫色をしていた。

凪は汚物を吐きかけられても平然としている。そして鋭い声で告げる。

「寝るな！　今眠ったら、おまえそのまま死ぬぞ！」

「あ、あうう……」

そいつはびくんびくんと痙攣《けいれん》している。

何事か、まったく理解できないクラスの者たちはただ絶句するのみだ。

「あ、あ……？」

と口をだらしなく開けている教師に、朱巳が静かに告げた。

「先生、これは薬物中毒の発作です。酩酊《めいてい》系の薬品の取り過ぎと思われます。救急車を呼びますよ」

え、と皆が彼女を見る間にも、もう朱巳は携帯電話で連絡を取って、こっちの場所や患者の様子をどこかに告げている。

「…………」

凪が朱巳の方を見た。その彼女に朱巳も視線を返す。

「違う？」

挑戦的に言われた。だが凪はそれにはとりあわず、

「その通りだ。早く処置しないと脳血管の閉塞《へいそく》を起こす危険がある」

と淡々と言った。

「吐くだけ吐いたみたいだから、そろそろ下ろしてやってもいいんじゃない？」

言われて、素直に凪は男子を下ろして床の上に寝かせてやる。首を思いっきり上に反らさせて気道を確保する。

ぜいぜい、と男子はついさっきまでは普通にしか見えなかった顔を蒼白《そうはく》にして喘《あえ》いでいる。目の下にははっきりと隈《くま》まで出ていて、すっかり半死人の様相を呈していた。

凪は、ぱち、と彼の頬を時々叩いている。

「寝るなよ。今意識を失ったら、戻って来れないぞ」

と耳元で囁きながら。周りの、じろじろと見つめるクラスの者たちの視線などまるで意に介していない。

朱巳が、そんな彼女の側に来て一緒にしゃがみ込む。そして手にしたティッシュで、凪の顔や胸元にかかっていた紫色の汚物を拭《ふ》いた。

凪が顔を上げると、朱巳はうなずいて、

「あくまでも助手よ。処置はそっちに任せるわ」

といたずらっぽく言いつつ、新しいティッシュでさらに彼女の身体を拭《ぬぐ》う。

「………」

凪は、これには応えなかった。

他の者たちは茫然として、この二人の少女を取り巻くだけで何もしない。

やがてサイレンを鳴らして救急車が駆けつけてきた。

ここでやっと、学校側でもばたばたと対応を始めた。教師達が集まってきて、がやがやと大騒ぎになる。

その中で白衣の男たちが、てきぱきと男子生徒を担架に乗せていく。凪もう、一歩下がってこの様子を見るだけだ。

そして朱巳が、側を通りかかった白衣の一人にこっそりと耳打ちする。

「……隔離レベルDで観察だ」

白衣はうなずきもしないが、しかし、え、と訊き返しもしない。そのまま無表情で作業にかかっていく。

彼らは手際よく、あっという間に患者を連れ去ってしまった。

担任教師も一緒に行ってしまったので、その日の授業は一応再開されたが、なんだかばたばたと落ち着かないものになってしまった。

だが朱巳はニヤニヤしながら、その日を妙にご機嫌で過ごした。彼女はずっと視線を感じていたので、それが愉快だったのだ。

霧間凪の刺すような視線がもたらす緊張感は、退屈な学校生活の中ではなかなか刺激的で悪くなかった。

3.

放課後、朱巳はいつものように一仕事にかかる。

〈傷物の赤さん。お願いします。助けてください。私は本当に怖がりで気が小さくて、そんな自分が嫌で嫌でたまりません。なんとか私から〝怖い〟という気持ちを消してください〉

という手紙を受け取った彼女は、いつものように校舎裏の、目立たない場所にやってきた。

そこにはもう、ひとりの少女が待っていた。なんだか目つきが悪くて、猫背気味のやや太めの女の子である。

「あなたが西山さんね」

朱巳は気さくな調子で声をかけたが、その西山はびくびくとした感じで、

「べ、別にそんな、本気で信じているって訳でもなくて。ちょっと試してみようかって」

とぶっきらぼうに言った。手紙では必死な感じで依頼をしてきて、実際にはこれである。しかし朱巳はそんな無礼な態度にもまったく頓着《とんちゃく》せずにニコニコしている。

「それは好都合だわ」

「え？　ど、どういう意味？」

「信じていない方がいいのよ。下手に信じ込まれると、暗示っていうの？　自分で勝手にそう

思いこんじゃうことがあって、それだと本当の効果ってものが出ないからね」

彼女がさらりと言うと、疑い深そうだった西山の顔に変化が現れた。

「信じなきゃ駄目なんじゃないの？」

「信者になれ、って？　馬鹿馬鹿しい。信じるだけで問題が解決するなら、誰もが〝絶対幸せになれる〟って信じているはずの世の中に、不幸な人なんてものが存在しているはずがないでしょう？　信じるとか信じないとか、問題はそんなところにはないのよ」

朱巳は馴れた口調ですらすらといつもの口上を述べる。

「問題なのはたったひとつだけ——あなたが自分の心に掛けてしまっている〝鍵〟それだけよ」

「鍵？」

「あなたはよくこういうことを考えたりしないかしら〝ああ、どうしてわかっているのにアレをしてしまうのだろう。こうすればいいのがわかっているのに、何故かああしてしまう〟違う？」

「う、うん。あるわ、すっごく」

西山はこくこくと何度もうなずいた。

「それはあなたが心の中に鍵を掛けているせいなのよ」

朱巳は西山の胸の辺りを指差した。

「見たくないもの、知りはしたけれど、知りたくなかったもの、そういうものを全部しまいこんで閉じこめた〝鍵〟——そう、問題はたったひとつ。あなたがもう、本当は何が問題なのか全部知っている癖に、それを封じ込めて外に出さないこと」

西山はぱちぱちと目をしばたいている。そんな彼女に朱巳は訊く。

「わかるかしら？」

「な、なんとなく。でも――」

「その鍵を掛けた向こう側には、実は大したものは入っていない」

朱巳はたたみかけるように言う。

「すごく重いことのような気がするのは、それをよく見ていなかっただけで、大抵の場合は目の前に出してみれば〝なあんだ〟ということにしかならない」

西山は朱巳の口上《こうじょう》に呑《の》まれて、口を半開きにしている。そこに朱巳は言葉を被《かぶ》せる。

「私の綽名《あだな》を知っているわね？」

「う、うん」

「あの〈傷物の赤〉ってどういう意味だと思う？」

朱巳は自分のことを相手に訊き返した。しかも、それはもう相手の知っていることでもある。

「あ、あの、それは、あなたが――」

「そう、その通り。そしてそれもまた、実は大したことじゃない」

みなまで言わせず、朱巳はすぐに自分の言葉を再開した。

「どんなに過酷な環境に立っていようが、どんなに報われぬ立場に立っていようが、人間はそれだけでは不幸ではないのよ。私が〈傷物の赤〉だろうがなんだろうが、問題はそこにはない。今、自分のなかで何が手つかずのまま無駄になっているか——それを知っているかどうか、それが人間の価値を決めるのよ」

「わ、私にも〝価値〟ってあると思う？」

「価値のない人間などこの世にはいないわ」

朱巳はきっぱりと断言した。そしてまた訊き返す。

「あなたは、どうして自分には価値がないなんて思うの」

「だって、だって私はそんなに可愛くもないし、頭だって悪いし、みんなには鈍《どん》くさいって言われるし——」

西山は、堰《せき》を切ったように話し出した。それは要するに、単なる愚痴《ぐち》みたいなものだったが、朱巳は馬鹿にすることもなく、ふむふむ、と真剣な顔をして聞いている。

やがて、彼女は西山の話が少し途切れたところで口を挟んだ。

「あなたは結局、肝心のことを言っていないわね」

「え？」

「あなたはそういう今の自分の状況が、辛《つら》いの？　悲しいの？　嫌なの？」

「——そ、そりゃそう……よ」

「そうかしら？　私にはなんだか全部〝だからしょうがない〟って言い訳に聞こえたけど？」

せせら笑うみたいな言い方を朱巳はした。

かっ、と西山は顔を赤くして、

「そ、そんなこと……！」

と大きな声を出しかけたそこで、いきなり朱巳はさっ、と手を伸ばして西山の胸元の何もないところを摘むような動作をして、

「――がちゃん」

と声を出してその手をひねった。それはちょうど鍵を閉めるときのジェスチャーになっている。

びくっ、と西山が一歩後ろに下がる。

朱巳はニヤニヤしている。

「〝鍵〟には、こういう使い方もある」

おろおろしている西山に、彼女は静かな口調で言った。

「今のあなたの〝そんなことはない〟という気持ち――世の中が自分を侮《あなど》っている状況に対して〝それは間違っている〟と思うその気持ちに、今、私が鍵を掛けた――だから、それはあなたがこれから生きていくどんなときでも、決して消えない。これがどういうことか、わかるかしら？」

「――え、えーと」

「あなたはこれからどんなに追いつめられても、厳しい立場に立とうとも、今あなたが感じた〝怒り〟だけは決して消えない。その気持ちに私が鍵を掛けてしまったから——あなたは今後〝仕方ない、自分は大したことないのだから〟といくら思おうとしても、そのことに対して怒りを消すことができなくなった」

「……ど、どういうこと？」

「いや、別に取り返しのつかないことじゃないのよ。なんだったらこれを今すぐ解除してもいいのよ。ただし——」

朱巳は笑いを消した。

「その場合あなたは、結局その〝自分だって言いたいことはある〟っていう怒りすら、びくびくと縮こまった気持ちの前に消してしまって、二度と取り戻せないけどね」

「…………」

西村は絶句している。だが、その顔には不思議な表情が浮かんでいる。

朱巳に気を許してはいない……だが、かといって最初にあったような刺々《とげとげ》しい目つきもまた、なくなっている。穏やかに苛立《いらだ》っている、そういう奇妙さがそこにはあった。

「鍵を掛けられて、これから私、ずっとムカムカしてなきゃなんないの？」

西村の問いに、朱巳は肩をすくめた。

「あなたの自由よね。怒っている方がいいか、みんなに笑いかけ続けていても自分は全然面白くない生活を続けた方がいいのか、ね」

「……確かに今、私は落ち着かないわ。あなたにも、なんだか腹が立っている気がする。でも――なんでだろう？　なにか大切なものを掴んでいるような、そんな気もするわ」

「どうするの？」

「……わかったわ。あなたの鍵を、このまま掛けておくことにするわ」

西村は財布をとりだして、中から数枚の紙幣を取り出した。するとそこで朱巳が「ちっちっちっ」と指を振った。

「わかってないわね――」

「え？」

「これはロッカーよ。コインロッカー。鍵を掛けるためにそんな紙っきれじゃあ通用しないわ」

「で、でも――」

「一番の問題は、あなたの心の中だと言ったはずよ。私により多くの金品をあげようなんて思っても意味はない。あなたは、単に荷物をコインロッカーに預けて、その鍵を掛けただけよ」

朱巳はウインクした。西村はおずおずと、それでも五百円玉を彼女に差し出した。今度は朱巳は素直に受け取った。

「どーも」

西村は財布をしまいながら、

「これで大丈夫なの？」

と訊いた。朱巳はさっぱりとした言い方で返事した。

「さあね。でも駄目だったときは簡単よね、あなたは〝何だあのロッカー、金だけ取った癖に役に立たないじゃないか〟ってすぐに怒りを取り戻せるわ。そうでしょう？」

西村が去った後で、朱巳は手元に残った五百円玉を指先で、ぴん、と弾いた。

それを左手の甲で受けとめて、すかさず右手で蓋《ふた》をした。そして言う。

「——さあ、表、裏、どっちだと思う？」

誰もいないはずの校舎裏で、彼女は空間に向かって質問した。

するとどこからともなく女の子の声が返ってきた。

「——当てたらどうなる」

「このコインを差し上げるわ」

「外したらどうなるんだ」

「そうねえ——まあ、貸しにしとくわ」

朱巳がいたずらっぽく言うと、声の主である霧間凪が物陰から姿を現した。ずっと様子を隠れて観察していたのである。

「裏だ」

凪が言うと、朱巳は手を開けた。

「あはっ、残念。表だわ」

「借りにしといてくれ」

凪はぶっきらぼうに言った。まるで男の子ようなものの言い方だ。なんでも話によると自分のことも〝オレ〟と言っているらしい。

ふふん、と朱巳は鼻を鳴らして、コインをまた弾いた。それは空で回転した後、すぽり、と朱巳の制服の胸ポケットに落ちた。

「——九連内朱巳。公立中学に在籍する三年生。現在母親と公団住宅に二人暮らし。戸籍上では父親はいない」

凪が喋り出す。

「九連内の名義で複数の銀行に多数の貯金があり、生活には困っていない。だがその金は、娘が、父親である地方の大物が自分に対して行っていたいかがわしい犯罪行為の証拠を握っていながら、そのことを黙っているための口止め料だとも言われている。汚れたその立場で生活していることから、娘を〈傷物の赤《ヴァーミリオン・ハート》〉と呼ぶ者もいる」

淡々と、調査報告書を読み上げているような口調である。

「ただし、これは噂であり、しかも本人が学校内にだけ広めている形跡有り。一般的にはまるで知られていない。事実関係の確認は照合できず。少なくとも、その大物の父親とやらはこの県内には存在していない。独身の母親には現在交際している男性はいないが、本人は同級生の内村杜斗と何度かデートをしている」

朱巳はにやにやしたままで、凪の言葉を聞いている。

「そして、学校内である種の詐欺行為を行っている気配があり、その確認を行ったところ――」

「そうね、今見た通り、やってるわね」

朱巳はまるで悪びれずに言った。

「でも、ほんとうに詐欺なのかしらね？　私がここの生徒たち相手にやっていることが、この私の能力〈金曜日に降る雨《レイン・オン・フライディ》〉がまるっきりのデタラメだと、あなた立証できる？」

朱巳の反撃に、しかし凪は応えなかった。代わりにあくまでも己のペースで、静かに言った。

「おまえ――あの病院の患者たちに何の用があるんだ」

単刀直入に言った。

「オレは最初、おまえが〝原因〟かも知れないとも思った。だがその兆候はない。では目的は何だ？」

言われて、朱巳は笑いを消す。

そして訊き返す。

「それはこっちの科白よ。霧間凪」

「………」

「私の方も、あんたのことはそれなりに調べさせてもらった。五年前に病死した作家、霧間誠一の一人娘で、その版権や各種権利のすべてを受け継いだ唯一の相続人でもある。保護者であった榊原弦という男も二年前に失踪《しっそう》して、現在は一人でマンションに住んでいる。学校の保護者名簿には父親と離婚した後に再婚した母親の名が記載されているが、本人とは名字が異なる。去年に原因不明の大病を患《わずら》い一年間の休学を余儀なくされるが、半年ほどで退院。その後は自宅療養に入っているがその間に各種の電子機材や特殊装備品等を大量に購入している。だが何に使ったのかは不明——」

これまた、すらすらと読み上げるように喋った。

そして、朱巳はため息をついた。

「——ぶっちゃけて言っちまうとさ、私はとある組織っていうか、システムっていうか、そういうもんに所属してんのよ。それであの原因不明の患者たちのことを調査するためにこの街にやってきたってわけ。だがあんたは？」

朱巳ははっきりと、凪を睨みつけた。

「あんたにはそういうバックはない。個人でしか動いていない。だが行動と情報収集能力はやたらに的確——あんたの目的って、一体なんなのよ？」

「…………」

凪は答えず、朱巳の鋭い視線をまっすぐに受けとめている。

両者は最初に対峙《たいじ》したときのように、たっぷり数十秒の間睨み合った。

やがて、凪が「ふん」と鼻を鳴らした。

「嘘《うそ》は言っていないようだ」

「……なんですって？」

「色々なところでは決定的に嘘つきのようだが、この件に関しては、嘘はついていない」

凪は確認するように言う。

朱巳の頬にさっと赤みが差した。

「〝嘘つき〟ですって？　私のこと？　私がどうして嘘つきなのよ？」

ムキになって訊いた。すると凪がくすくす笑い出した。

「恥ずかしげもなく、よく文句が言えるな」

「そりゃあ、多少の方便を使っていることは認めるわ。でも嘘つきという呼ばれ方には我慢がならないわね」

自分でもよくわからない理屈だが、この霧間凪にそう言われることが腹立たしいのである。

「勝手にしな」

凪は言い捨てると、くるっ、と背を向けて歩み去っていく。

「ち、ちょっと待ちなさいよ！」

朱巳はあわてて声をかけた。だが凪は振り返らず、

「ほんとうに嘘つきでないのなら、その〝能力〟とやらをあんた、あんなに自信たっぷりのモノにわざわざ見せかける必要があるのかな?」

と静かに言った。

朱巳はびくっ、と身をひきつらせて絶句した。

その間に、凪はさっさとその場から去っていってしまった。

「……な、なによあいつは……!」

朱巳はぶるぶると苛立ちに身を震わせながら呻《うめ》いた。

「何様のつもりよ……ふざけんじゃないわよ……い、今に見てなさいよ……!」

……こうして他に例のない、ひたすらに奇妙で、排他的で協調性に欠けて、成績でも欠席の多さでも学年トップの、あらゆる意味でとことん〝問題児〟である霧間凪の休学明けの登校第一日目は嵐のように過ぎ去ったのだった。

第二章　空洞の天狗

『操られていることすら知らないことは不幸か、幸福か——あるいは虚しいのみか』

——霧間誠一〈ヴァーミリオン・キル〉

……夕暮れの街の片隅に、そのそびえ立つ巨大な空洞はあった。そこはとうに見捨てられていて、誰も近寄らず、故に彼にとってはそこだけが安心して身をひそめることができる場所だった。

だがその平穏が破られるときが来た。

「………!」

彼がその小さな身体を丸めて床の上に寝ていると、遠くから足音がひとつ響いてきたのだ。

——なんだ?

彼は警戒した。ここには滅多《めった》に人は来ないが、それでもカンリニンとやらがたまに巡回してくることがあるのだ。そのときは彼は身を隠すことにしている。彼の小さな身体はほんの少しの物陰でも完全に隠れてしまうのだ。

いつものように彼はすぐさま跳ね起きて、隠れ場所にまで駆けていった。

——これで大丈夫。

彼はまた身を縮こませる。カンリニンの見て回るところは決まっていて、彼はその死角にいるのだから見つかる心配はない。彼からすれば彼がここに住み着いている痕跡《こんせき》は歴然とあるのだが、カンリニンはどうやら感覚が鈍いらしくてそれに気がつかないのである。

だが、その日はなんだか様子がおかしかった。

やってきた影は、カンリニンではなかった。それよりも一回りほど小さい感じである。

そして、彼がさっきまでいた場所に正確に来ると、そこで立ち止まって辺りを見回し始めたのだ。

——なにかやばい。

彼は本能的に危険を感じた。

影はこっちに気がついているのかいないのか、ただ立っている。

その顔には、薄い笑いのようなものが貼りついていた。

「無駄だよ、おちびさん——」

そいつは声を出した。しかし彼にはその言葉の意味までは理解できない。音としか聞こえない。

「君にはもう何の希望もないんだ。隠れていても無駄だ」

意味はわからないが、その声の響きはとても穏やかである。

なんだか、頭がぼーっとするような甘美な響きなのである。

声だけでなく、影のその雰囲気そのものが、なんだか吸い込まれそうな気配なのだ。そこにいるにも関わらず、いないような、要素が矛盾しあうような落ち着かない雰囲気——

——………。

彼は、逃げるべきか、このまま隠れている方がいいのか判断に迷った。どっちがいいのかわからず、決断のバランスがどっちつかずでゆらゆらと揺れた。

そして、その不安定な精神状態の彼は、気がついたときには何故かひとりでにふらふらと隠れ場所から外に出ていってしまっているところだった。

はっ、と我に返ったときにはもう遅かった。

影はたちまち彼に襲いかかってきて、その首を鷲掴《わしづか》みにした。

——!!

彼はじたばたとあがいた。そこに影がまた言葉を掛けてきた。

「大丈夫だ。殺しはしない——それどころかむしろその逆だ。君から〝死〟というものを取り除いてやろうというんだよ——」

ひひっ、とその喉《のど》の奥が鳴る。

表情に、穏やかさの後ろに隠していたものが露《あらわ》になっていく。それは痙攣《けいれん》するようにヒステリックで衝動的な〝貪欲〟だった。

彼は必死で影から逃れようとした。こいつに触れたら世界の如何なるものであっても助からないことが彼には理解できたのだ。

だが遅すぎた。影が彼の背中をむんずと鷲掴みにして、そして無理矢理に彼からなにかをひっぺがした。

皮膚ではない。肉体的には彼には何も損傷はない。だが影には、その手には見えるものにだけ見える黒っぽい霞のようなものがぼんやりと摑まれているのだった。

彼は暴れようとした。だが彼の身体からその霞が彼から引きずりだされていくに連れて、彼はどんどん——力を失っていく。

「大丈夫大丈夫。なんにも心配することなんかないんだ、なんにもね——」

影はせかせかした口調で言いながらも、霞をずるずると彼から引き剝《は》がしていって、そして——ああ、なんと、その気味の悪いものを顔に持っていってべたべたと塗りたくり始めたではないか。その霞は影の顔に、すう、と染み込んでは消えていく。

だが彼にはもう、それを奇怪と思うことはできなかった。彼は二度と這い出ることの叶わぬ闇の中に、みるみるうちに引きずり込まれていった。

1.

「……ということですから、お宅の娘さんにはまったく問題はありませんね」

担任教師は、にこにこしながら、ミセス・ロビンソンこと九連内《くれない》千鶴《ちづる》に言った。

「そうですか。安心しましたわ」

彼女もにこにこしながら答える。

一学期が始まってからおよそ一月後の、保護者面談の席上である。この市立の中学校では生徒本人抜きでそういうことをやるのだ。保護者の方々とのきめ細やかなコミュニケーションがどうたら、というところらしい。まあ彼女にはどうでもいいことだ。

「娘さんは当然、進学をご希望でしょうが、公立ですか、それとも付属を狙っているんですか？」

「私としては少し上を見てもあの子なら大丈夫だと思いますが、もちろん結局は本人の希望に任せたいと思います」

すらすらと出る科白のような言葉が嫌味でなく自然だ。

「ああ、そりゃそうでしょうね！」

「ええ……」

彼女はうなずく。傍目《はため》には、ほっそりとスマートで、上品な婦人という外見である。金持ちにはあまり見えないのは、どことなくさばけていて気さくな雰囲気があるからだ。現にこの目の前の教師も〝この人なら急にヒステリックなことは言い出さないだろう〟とホッとしたような顔つきをしている。よくTVドラマで登場する〝綺麗《きれい》なおとなりの奥さん〟といった感じの、そのままなイメージなのである。そんなに出来すぎな人間がいるのかとつい不審がってしまいたくなるほどである。

しかし彼女の態度は極めて自然であり、とても本当は普通の人間ではなく、戦闘用の合成人間で、娘であるはずの九連内朱巳を〝いざというときに処分する〟ために母親役を演じているに過ぎないのだとは、目の前の教師には想像もできないことだった。

「心配することがないというのも、なんだか教師としては落ち着かないものですよ、あっはっは」

などと間抜けなことを言っている教師に、九連内千鶴はニコニコとながらうなずくのみである。

「ええ、ほんとうに――」

そして、千鶴はカムフラージュの一環である母親役のための保護者面談を終えて、放課後のがらんとした校庭に出てきた。

その、玄関から一歩外に出たときのことである。

「……？」

彼女は視線に気がついた。

こちらを突き刺してくるような、鋭い感触であった。

振り向くと、そこにはこの学校の制服を着た女生徒が一人立っていて、こっちを見ているのだった。

女生徒だ。そのはずだ。外見は別におかしいところはない。女子中学生の歳格好にふさわしい顔立ちや姿である。

だがそれでも、一瞬彼女はその〝女〟が本当に中学生なのかと思った。

何故かはわからない——だが戦闘兵器として何度も〝実戦〟をくぐり抜けてきたことのある彼女は、その女生徒が自分に向けてくる目つきに、明らかにある気配を感じていたのだ。それは敵意とも殺気とも違う、強《し》いていうならばそれは——〝戦士〟の感触だった。ポーズだけではない、戦場で見るような本物のそれだ。

（……誰だ？）

この歳で、こんな目つきをするのは男女問わず、彼女の〝娘〟の朱巳ぐらいしか知らない。

霧間凪である。

彼女が見つめ返していると、凪はゆっくりこっちへやってきた。

「九連内千鶴さん——だね？」

凪は大人相手でもまったく遠慮のない言い方で話しかけてきた。そして、それが似合っていた。制服を着てなければ、童顔の成人女性としか思えなかっただろう。

「そうだけど、あなたは？」

千鶴の問いかけに、彼女は簡潔に答えた。

「オレは霧間凪。あんたの娘のクラスメートだ」

「……何かご用かしら？」

「いや、実はもう用件はすんだ」

凪は不思議なことを言った。

「?」

「あんたに、訊いてみたかった……〝自分の娘が何をしているか知っているか〟と。しかしあんたを一目見て、すぐにわかった」

凪は、彼女をまっすぐに見つめたままで言う。

「あんたは知っている。それどころかそのことに協力的ですらある。あの九連内朱巳が親に隠してこそこそやっているようなタマじゃないのは予想が付いていたが……まさかあんたもあいつと〝同類〟だとまでは思わなかった」

「……何を言っているのよ?」

「オレを見る眼が、あいつと同じだ。さすがは母親というところか……」

凪はやれやれ、という感じで首をかすかに振った。

「あなた、朱巳のお友達? あの子が何をしているっていうの?」

「〝五百円玉〟というのはあんたの入れ知恵か?」

凪は彼女の演技などまったく意に介さずにさらに訊いた。

「……ああ、あれのことね」

彼女は首を振った。そのことか、という安堵《あんど》がかすかに表情に出た。

「確かに、あれは私もよくないからやめてって言っているんだけど。でもあれは相手の方がむしろすすんであういう風にしているのよ。それに大した額でもないでしょう？　もちろん返せと言われればお返しするけど、でも出した本人がそれは嫌がるんじゃないかしら」

「知ってるよ、そんなことは。金取られてる連中の代理で言ってるんじゃない」

凪はふん、と鼻を鳴らした。

「その辺はどうでもいいんだよ。問題なのは、九連内朱巳こと〈傷物の赤〉には何か〝特殊な才能〟があって、それが例の〝集団昏睡《こんすい》事件〟とどれくらい関係があるかということだよ」

彼女はきっぱりと言い切った。

ミセス・ロビンソンはさすがに絶句した。

この霧間凪という少女のいう〝事件〟とは、彼女と朱巳がその原因を解明するようにと統和機構から命じられたものに違いない。

（この娘は統和機構の関係者なの……？）

だがそれにしては、なんだか雰囲気も言動もふさわしくない。自分の信念以外の何処にも属していないような、そういう眼と物腰である。

ではいったい、何者なのだ？

もしも危険な存在であり任務遂行の妨げになるのならば、彼女はこの娘を殺す必要がある。

（――しかし）

どうも敵という感じも希薄だ。反統和機構の組織は、裏切り者の合成人間パールが属している〈ダイアモンズ〉をはじめ世界にいくつか存在が確認されているが、この少女はそれともやはり異なるイメージがある。

ではなんなのか、と問われると答えは出てこないのだが、しかし彼女はどういうわけかこれを〝知っている〟と思った。

こういう存在は人々に馴染みのものだ。だがそれがあまりに明解すぎて、逆に言葉にならない——そんな気がした。

「ま、素直に答えるとは思ってないよ」

凪は黙り込んでしまった千鶴に向かってニヤリとしてみせた。

「でも、やっぱり娘同様〝加害者〟ではないみたいだ。オレとしてはそれだけ確認できれば充分だ」

「……あなたは一体？」

彼女の問いに、凪はかすかに笑った。

「さあね。自分でも、なんだかよくわかんねー……」

不敵な表情である。

千鶴も、この凪という少女に何を訊いても素直な答が返ってくるとは思わなかった。だがひとつ、妙に気になっていることがある。

「あなた……さっき少しだけ態度が乱れたところがあったわね？」

「？」

「私のことを〝さすがは母親〟と言ったとき、なんだか不愉快そうな顔をしていたわ。あなた自身のお母さんはどういう方なのかしら」

するとＫは、ちょっと眉をひそめて、

「……さあね」

吐き捨てるように言い、そしてきびすを返すと、制服のスカートをひるがえすようにして、その場から去っていった。

その後ろ姿は颯爽《さっそう》としていて、自分のやっていることに後悔もためらいもない。

千鶴にもわかっていた……あの少女が自分の前に姿を見せ、名乗ったのは単なる軽挙でも自身に対しての過信でもない。相手が危険な存在であることなど百も承知で、あの少女は彼女に接触してきたのだ。

なんのために？

それはおそらく〝ちょっかいを出してくるかどうか〟を知るためだ。自分を囮《おとり》として使うつもりなのである。

あの少女は本気で、警察も動いていない謎の事件を解決しようとしているらしい。

（何者だ……しかし）

何故か妙に、敵意を持ちにくい相手だった。あるいはそれは、あの娘が、態度も顔つきもまるで違うにも関わらず、九連内朱巳とどことなく似ているからかも知れなかった。

（しかし、あれじゃあまるで……）

その後に思いついた単語は、考えた千鶴自身もつい吹き出してしまうようなものだった。彼女はこう思ったのだ。

あれではまるで〝正義の味方〟だ、と——

＊

霧間凪は朱巳のことをよく知っているみたいな口振りだったが、いったいどんな会話を学校でしているのだろうかと千鶴は学校からの帰り道に、考える。

（男の子みたいな喋り方だったけど……）

きっとあの霧間凪という少女は、彼女にしたみたいな言い方を他の人たちにも、もちろん朱巳にもしているに違いない。それに彼女の〝娘〟はどんな風に返事をしているのだろうか……。

ちょっと見当がつかなかった。

だが常識離れしている存在同士、あるいは余人には計り知れぬ問答が成立しているのかも知れないな、と思うと彼女は妙におかしくなってきた。

（最近の中学生って——どうなっているのかしらね）

と、それだけを取り出してみるとひどく普通っぽいことを考えていると、駅の切符売り場で彼女はまた別の少女を見つけた。

「——あれぇ……？　おっかしいなあ……」

と言いながら、その少女は硬貨を投入口にいれるのだが、それはそのまま下に、がちゃん、と落ちてしまうのだ。

「なんでなのかしら？　絶対ヘンよ、これ——」

と半泣きになりながら何度も何度も入れるのだが、やっぱり機械はその硬貨を受け付けてくれないのだ。

千鶴はそれを見て、なんだか微笑ましいものを感じた。彼女の強化された眼から見ればすべては明白で、その硬貨の隅がわずかに変形しているのだった。それで偽造《ぎぞう》硬貨の疑いがあるので、機械は硬貨をお金と認識しないのである。

でもその少女はそんなことはわからず、同じことばかりを繰り返してしまう。

見たところ中学生だ。学校の制服を着て、スポルディングのスポーツバッグを肩から下げている。

（そうよねぇ……普通の女の子っていうのは、ああいうものよねぇ）

なにか千鶴はしみじみとしてしまう。

彼女は後ろから近づいていって、そして少女が入れようとした硬貨を、さっ、と取り上げた。

「あっ？」

びっくりした少女に彼女はウインクして、同じ額の細かい硬貨を渡した。

「駄目よ、このコインじゃ。ほら、ここんところがちょっと削れているでしょう？　機械がニセモノだって見ちゃってるのよ。そっちのお金なら大丈夫よ」

へ、と少女は目を丸くしていたが、言われた通りにすると、もちろん今度は簡単に販売機は〝金額ボタンを押してください〟という表示をパッと点灯させた。

「わあっ！」

と少女の顔も同じように輝いた。

「ほらね？」

千鶴はその少女の明るい笑顔に、やっぱり同じように笑っていた。

「ありがとうございます！　なぁんだ、こんな簡単なことだったんだあ……」

少女は恥ずかしいのか、顔を赤らめている。

「いえね、私にもあなたと同じくらいの娘がいるから、ちょっとほっとけなくて」

千鶴はなだめるようなことを言いながら、でも朱巳相手だったらとてもこんなことは言えないわね、と心の中で苦笑した。

「そうなんですか？　娘さんもきっと、頭のいい人なんでしょうね」

少女は屈託のない調子で言った。

「あら、どうして？」

「だって、おばさん今、なんだか楽しそうに言ったもの。自分の子供のこと、自慢できるんでしょう？　いいなあ、あたしなんかお母さんから怒られてばっかりだから……」

彼女は、なんだかすごく悲しそうな顔をした。

千鶴はその様子に、どきり、と胸を突かれる感じがした。

「……あの、あなたはお母さんと、なにか」

と聞きかけたところで、駅の改札の方から、

「ちょっと宮下ぁ！　なにやってんのよ！　電車来ちゃうよ⁈」

という女の子のたちの声が響いてきた。少女はそれを聞いてはっとして、

「わっ、急がなきゃ……！　ごめんなさいおばさん。ほんとにどうもありがとう！」

と、宮下と呼ばれた彼女はぺこりと頭を下げると、バッグを後ろに引きずるようにしながら走って駅に飛び込んでいった。

「――あ」

なんとなく後を追いかけて、しかし千鶴は足を停めた。

別に、何ということのない他人だ。気にはなるが、しかしどうすることもできない。あの少女が家庭に深刻な問題を抱えているとしても、それは所詮《しょせん》は彼女とは関わりのないことでしか

ない。

だがそれでも、少女が言った言葉がミセスの心にしこりを残していた。

〝自分の子供のこと、自慢できるんでしょう？〟

……確かに、能力や実績だけを取り出してみればこれ以上ないほどに優秀な〝娘〟なのだ。

だが問題は、向こうが彼女の方を果たして〝親〟だと思っているのかどうかわからないということにあった。

（わからないわよねえ、まったく……）

彼女は首を振って、そのまま家路についた。

2.

世間的に、仲のよいことになっている母親と娘がいて、そしてその娘の方がボーイフレンドを連れてきたときには母親はどういう顔をすればよいのか、ミセス・ロビンソンは少し考えてみたが、それは時と場合によるという結論しか出せなかった。

そして一番の問題は、やっぱり相手だろう。その男のどこがいいのかさっぱりわからないときは——これはなんというか、困るしかないのではないか。

「〝お母さん〟こちらは内村杜斗くんていうの」

朱巳がにこにこしながら紹介したその少年は、なんだか存在感に欠けるというのか、個性がないというか、おどおどした線の細い男の子だった。

「ど、どうも内村です」

彼氏は肩を縮こませながらぼそぼそと言った。そこそこ顔立ちはいいようだが、でもそれでも特に魅力的という訳でもない。普通の子だ。

「はじめまして。朱巳の母です」

それでも一応、彼女の方も挨拶はする。

「お母さん、内村くんはこう見えても好みがうるさいんだからね。ちゃんとしたおもてなしをしないと」

朱巳はなんだか、妙に浮き浮きしているように見えた。

「い、いえそんな。おかまいなく」

内村くんとやらはあわてて首をぶるぶると振ったが、その態度もなんだか頼りないというか、断るならきっぱり断る、お願いするならするではっきりしたらどうかと思ってしまう。

とにかくそいつを食事の準備がすんでいるテーブルに座らせると、千鶴は朱巳を台所の蔭に引っ張り込んだ。

「……なんなのよあれは？」

「何って、男の子に決まってるでしょ」

朱巳はしれっとした顔で言う。

「学校に通っているんだから、男友達の一人や二人家に連れてきたって不自然じゃないでしょう？」

「そりゃそうだけど……なんであの子なのよ」

「あら、干渉すんの？」

「そりゃあ……心配はするわよ。あんまり不用意なことをされても困るしね」

「男の趣味が悪いと、殺すわけ？」

十四歳の少女はニヤニヤしながら不敵に言い放った。

「…………」

ちょっと絶句する。こういう奴だと、何年も一緒に生活していて知っているはずなのだが、やはりどうしても底が知れないものを感じる。

抹殺するか生かしておくか、常に統和機構が天秤に掛けているというのに、彼女にはそのことにびくびくしている様子が欠片もない。

それどころか、こんな風にスリルを楽しんでいるかのような態度すら時に取るのだ。

「……それぐらいじゃ〝処理〟の理由にはならないわよ」

「じゃあ口出しはやめてもらいましょうか。ああ、でも別に内村くんに気を使う必要はないわよ。気に食わなかったら、本人にちゃんとそう言ってやるといいわ」

朱巳はひらひらと手を振りながら言った。

そのときダイニングの方から、

「あのう……なにかお手伝いしましょうか？」

と内村杜斗の頼りない声が響いてきた。

「いーのいーの、お客様はどーんと構えていて、ね？」

と言いながら朱巳は、さっとその場から離れていってしまったので、千鶴はそれ以上の会話はあきらめた。

メニューは鶏と牛で出汁《だし》を取った野菜スープを前菜風に、ツナと茄子《なす》のラザニアと、豚とキノコのホワイトシチューがメインで、それにアボカドと蟹《かに》のサラダといった具合になっていた。これらは朱巳が昨日のうちに自分で作っておいたものだ。後はバスケットに各種のパンやチーズがあるのでお好みで取るといったところだ。当然すべて、朱巳自身の好物ばかりである。

「だからさ、時々考えちゃうのよね」

喋るのもほとんど朱巳一人である。

「きっと人間が一生のうちにできる〝遠慮〟ってものには決まりがあるのよ。すっごい他人に気を使うタイプの人間でも、どっかでバランスを取っていて、誰かのために譲っている分を、必ず何らかの形で取り返しているんだわ。逆にわがままにしか見えない人も、知らないうちに誰かのためになることをして自分が損をしているんだと思うわ」

「それはあなたがわがままだから、そういうことを思いつくのよ」

そう言うと、朱巳は笑った。

「まあね、否定はしないわ」

「いえ、九連内さんはわがままなんかじゃないですよ。クラスでもみんなの……その、相談とかにのってやってるし」

内村がおずおずと口を挟んできた。

「あら、そうなの?」

知っていながら、表向きは内緒のことであるから演技で訊いてみせる。

「ま、そんな大したものじゃないけどね」

朱巳も白々《しらじら》しいことを言う。学校の生徒相手に彼女がやっている〝五百円玉のコインロッカー〟のことは統和機構にすべて報告されている。

大したタマだ……と、ミセス・ロビンソンはあらためて思う。好意を持っているらしい男の子の前であっても、嘘をつきながら顔色ひとつ変えない。こういうのもカマトトというのかしら、などとミセスは心の中でひとりごちた。

「九連内さんはみんなから尊敬されてるんですよ、ほんとに」

内村が言った。でもこの子が言うと、なんだか薄っぺらなおべんちゃらにしか聞こえないな、と思った。

「ああ、そういえば朱巳、あなたのクラスに霧間凪って人いる？」

彼女は話を変えた。

「霧間凪？……あいつがどうかしたの」

朱巳が、ちょっとだけ鋭い眼つきになった。かすかながら、嘘つきのベールがはげて地が出たのだ。

「いや、さっき学校で声かけられたのよ。向こうは私のことを知っていたみたいだし、あなたのお友達かな、と思って」

「友達、ね」

朱巳はくすっ、と笑った。そしてそのまますくすく笑っている。

「霧間さんは、あんまり誰かと仲良くするってタイプじゃないみたいですよ」

また内村が口を挟んできた。

「なんてのかな、一匹狼っていうか」

「ま、変わり者よね。もっとも、それを言ったらあたしも同じだけど。そういう意味じゃあ、友達じゃなくても近い存在かも知れないわ」

朱巳がどきりとすることを言った。それは聞く者が聞けば、大変重要な意味を秘めている発言だった。

ＭＰＬＳと統和機構に認定されている朱巳の、その近しい存在だということは……。

「ひょっとしたらライバルなのかもね。クラスのみんなからなんだかんだで注目されてるところとかさ」

くすくす笑いながら朱巳は言った。自分の言ったことの重要性などまるで頓着しない言い方であった。

「いやあ、九連内さんの相手ってほどじゃないですよ。そりゃ勉強やスポーツはかなりできるみたいですけど。でも問題にならないですよ」

また内村が朱巳を持ち上げるような言い方をした。

（……しかし、それにしても）

この二人はどういう意味での友達なのだろうと思わずにはいられない。ボーイフレンドとガールフレンドというには、なんだか男の方がやたらにへりくだっている感触がある。

（それとも、今時の若い子にはこういうのは珍しくないのかしら？）

と、ミセス・ロビンソンはまるで本物の人間の、中学生の娘を持つ母親のようなことを思っていた、そのときであった。

「そういえば内村くんさあ」

朱巳が唐突に言った。

「この間ヘンなものを見たんだって？」

「え？　——ああ、ええ、そうなんですよ」

内村は彼が見たという〝怪奇現象〟の話をした。

その内容にミセス・ロビンソンは驚いたが、しかし同時になんとなく納得もしていた。

（——なるほど、それで連れてきたのね）

その現象の話は、任務に関連した情報として貴重なものだったのだ。これを聞くために、朱巳はこの内村を食事に招待したに違いない。

二人して、内村にあれこれ質問した。食事の後ですっかりなごんでいる内村は気軽な調子でそれに答えていった。

すっかり話も聞き終わり、もうこいつの役目も終わりだな、と千鶴はデザートの皿を片づけながら思った。そしてまたまた、そんなときである。

「ねえ、内村くんの理想って何？」

朱巳が唐突に訊いた。

「え？　えーと……」

「何わけのわからないことを訊いているのよ、あなたは」

千鶴はもう話すことなどないだろう、というニュアンスを込めながら言ったが、朱巳は聞く耳を持たずにさらに訊く。

「いや、内村くんにはかならずそういうものがあると思うのよ」

言われて、困ったような顔をした内村は、やがてぽつりと呟くように言う。

「そう……ですね。強いて言うと〝傷つきたくない〟ですかね」

「は？」

「い、いや、べつにその〝きついことはしたくない〟とかそういうんじゃなくて、あるじゃないですか、胸にぐさっと来る、とか。あれって本人もうすうす勘づいていて、そこをつかれるから傷つくんでしょう？　だったら傷つく前に、そのことを予防してしまっておけばいい……そうすれば傷つかない。そんな感じです」

（…………？）

何を言っているのか、千鶴にはよくわからない。だが朱巳は興味津々《しんしん》という顔で、

「予防って言うけど、でもどうしようもない不意打ちってのはあると思うのよ。それはどーすんの？」

と訊いた。内村はすこし黙って、それから静かな口調で言った。

「それはあります……それを思うと確かに怖い。でも、そういうことがないようにある種の、なんて言いますか――〝貯金〟みたいなものは用意しておきたいですよね、保険として」

「保険、ねえ」

何を中年みたいなことを言っているんだ、この子は――と千鶴は呆れた。

「その保険を用意しておけば、傷つかないという自信はあるの？」

どうでもいい千鶴に対して、朱巳はあくまでノリノリだ。

「おそらく」

内村はさらりとうなずいた。

「それを積み上げておくと、もうどんな問題が来てもその〝保険〟が身代わりになってくれて、自分にまで傷が届くことはないんです。そういう保険のある人生が僕の理想です」

千鶴はここで、おや、と少しだけ違和感を感じた。

なんだか、今の態度だけはこの内村杜斗に、朱巳が言うような奇妙な〝自信〟を感じたのだ。

「傷つかないで人生を送れれば、きっと楽でしょうね。いいわぁ、私もその方法を是非マスターしたいものだわ」

朱巳は馬鹿にしているのか、憧れているのかよくわからない言い方をした。

内村杜斗はこれにへらへらと追従するような笑みを返した。その様子は心底楽しそうで、だが同時にとても頼りなげで、ミセスが一瞬前に感じた確かさなど欠片《かけら》もなかったので、彼女はすぐにさっきの違和感を忘れた。

「じゃあ——遅くなるとなんだから、そろそろお開きということにしましょうか」

「あ、そうですか、そうですね」

内村はせかせかとうなずいた。

「楽しかったわ。楽しかったわよね？」

朱巳が、なんだか念押しするような言い方をした。

「ええ、もちろんです」

内村はにこにこしている。おめでたい奴だな、と千鶴は心の中で苦笑した。

彼女は玄関で別れたが、朱巳はマンションの一階まで内村を送っていった。

窓から何気なく下を見て、そして千鶴はぎょっとした。

朱巳と内村が、マンションの前の街灯の下で別れ際にキスをしていたのだ。

一分ぐらいして朱巳が戻ってきたとき、つい千鶴はこの〝我が娘〟に訊ねてしまった。

「あなた、本気であの男の子が気に入っているの？」

「あら、口出しはしないんじゃなかった？」

朱巳はさらりと言って、そのままシャワーを浴びにバスルームに行ってしまった。

キッチンには洗っていない皿が山積みであり、それを片づけるのはどうやら残された彼女の仕事ということになってしまったようだ。

「……わかんないものねぇ」

ミセス・ロビンソンはひとり呟いたが、それが朱巳が特別だからなのか、それとも年頃の思春期の少女だからなのか、自分でもはっきりしなかった。

3.

翌日、さっそく朱巳と千鶴は問題の場所に向かって車を走らせた。

「――で、その薬物中毒の少年はこの件とは無関係なのね？」

千鶴の問いに、朱巳がうなずく。

「ええ。レベルDで検査しても、ただのクスリのやり過ぎってデータが出たわ。正直ちょっと期待していたから、アテが外れたわね」

ちっ、と朱巳はかすかに舌打ちした。

「もっとも――〝敵〟が自分を探ってくる者を知るために用意しておいた〝囮〟かも知れないけど――だとしたら」

「だとしたら？」

「それなら霧間凪は、完全にそれに引っかかったことになるでしょうね――」

ぽつり、と言った。

千鶴は、その朱巳の口調がなんだか我が事のように忌々《いまいま》しげなので、おや、と思った。まるでライバルだという霧間凪のことを心配しているみたいだったからだ。

そうしているうちに、車は目的地に近づいていく。

その巨大な立体駐車場は、本来ならビルが建てられるはずの場所だったのだが、場所が中途半端だったために テナントの借り手のアテがなくなってしまったために、しかたなく駐車場としてつくられたというあまり景気のよくない所だった。そして実際、近くにツイン・シティという名の大型百貨店や各種専門店が充実している場所にも駐車場が完備されていて、ほとんどの人間はそっちを利用してしまうので、こちらにはほとんど客がいない。もともとオーナーの税金対策で、その年のうちに着工しなくてはならなかったためにこのような半端な、しかし大きさばかりがやたらに目立つものができてしまったのだ。

しかし、この駐車場は結局この一年後にはオーナーの会社が倒産して、しかしその後の処置もどうしてよいのかわからずに放置されて、その後はしばらくの間、不気味な雰囲気からだろう、色々な怪談話の格好のネタになった。中でも傑作なのが「飛び降り自殺した少女の霊が、逆に地面から飛び降りたところにまで跳び上がったのを見た」というユーモラスなものだろう。もちろんここでそんな飛び降り自殺そのものが起きることはない。

しかし、それは何年も先の話で、今は駐車場はまだ開業している。

入り口には簡単な自動遮断機が付いているだけで、管理人はおろか監視カメラひとつなかった。記録が残るようなことは可能な限り避けるということで、車はツイン・シティの方に停めて、駐車場にはこっそり忍び込むことにした。

内村杜斗がこの場所で見たという〝怪奇現象〟――それは数年後のここで語られるものより

はささやかなものだった。

「塾の帰りだったんですけど、なんとなく夜空を見上げたら駐車場が目に入ったんです。ほら、あそこって照明も何にもないから、夜だと空に溶け込んで見えるじゃないですか。だから最初はUFOかなとか考えたんです。でもよく見るとその辺りだけ星がないんで、ああ、そうか駐車場だって気がついて、なあんだって思ったんですけど、でもなんか車のヘッドライトって感じでもないな——って」

「それで、そこに光っていたの？」

「いや光ってほどの強い感じじゃなくて——なんてのかな〝点〟がふたつ、っていうか。それがゆらゆらと揺れているんです」

「ちょうど人が駐車場の何階かに立っていて、その眼の位置って感じ？」

「ええ、そうです。ほら猫の眼とか、暗いところで光って見えるじゃないですか。あんな感じですよ。それが僕が見ていると、ぴたっ、と止まったんです。まるでこっちを見ているみたいだなあ、と思ったら耳元で〝なんだかこっちを見ているみたいだぞ〟って声がしたような気がして、びっくりして振り向いたんですけど、誰もいなくて」

「で、駐車場の方を見ても、もう何もなかった、と」

「いや、たぶんちょっとした勉強疲れなんでしょうけどね、こんなものは」

内村は自分で見たもののことを信じていないようだったが、しかしこの〝自分で考えたことが声として聞こえた〝というのが、朱巳と千鶴の関心を惹いた。

「……ほんとうに〝両眼〟だとしたら光ってみえる程の集光性のある眼を持っているのは、明らかに特殊な戦闘力を持っている合成人間だわ」

千鶴は、統和機構が第一級の監視体制下で調整していたにも関わらず、そこを壊滅させて逃亡し、現在も行方不明ともっぱらの噂である〝マンティコア〟という名のことを思い出していた。その能力は不明だが、しかし施設を壊滅できる力といえばそれだけでとんでもない。その追跡には確か〝タルカス〟があたっているはずだが、奴の方も純然たる戦闘破壊兵装タイプなのだ。両者の戦いに巻き込まれたら、こんな街は壊滅してしまうかも知れない。

「統和機構の産物とは限らないわよ？　それに問題は、あくまでも〝声〟が返ってきたってところにあるんだから」

朱巳が、緊張している千鶴をからかうような気楽な調子で言った。しかし実際に戦闘になれば危ないのは肉体的には普通人と変わらない彼女の方なのである。

図太いのか、それともミセス・ロビンソンが守ってくれるものだと信じているのか、相変わらずこの娘の表情からは真意は見えない。知りたいような、知りたくないような……知るのが怖いのだろうか。

（——いやいや、こんなことで悩んでる場合じゃないわ）

千鶴は頭を切り替えて、仕事のことを考えようと思った。

「……あの昏睡状態の少年少女達は、やっぱり何らかの精神攻撃を受けているのかしら？」

「さあね、その辺はあたしの能力じゃわかんないわ……でもアレはたぶん〝心が空っぽ〟になっているんだとは思うわ」

二人は駐車場を昇っていく。三階まで来ると、もう周囲には一台の車も停まっていない。ほんとうにここは流行っていない。

もしも、ここに何者かが潜んでいて、そして夜な夜な（昼かも知れないが）出てきては目を付けた子供の心を空っぽにしている（食べている、のだろうか？）とすれば、これはかなり異様な事態だ。

「……敵はMPLSなのかしら？」

彼女がそう言うと、朱巳はまた笑った。

「統和機構ってさあ、要するに自分たちで説明できないもののことを全部MPLSって呼んでるだけなんじゃないの？」

自分がそのシステムにいつでも殺される可能性があるのだということなど、まったく意に介していないような不敵な言い方だった。

この怖いもの知らずが少女というものなのか、朱巳だけが特別なのか、やっぱり彼女にはわからない。

「………………」

二人は屋上まであと一階、という高さまで昇っていった。

しかし、それらしき気配はまるで感じられない。油断しているわけではないが、だんだん緊張感が薄れていくのが自分でもわかった。

朱巳はというと、口笛まで吹いている。

（……もし、本当にここに〃いた〃のだとしても、いつまでもいるわけではないか……移動してしまったのかも知れない）

しかし、それにしても何らかの痕跡《こんせき》は見つけたいところではあった。

そのときである。

『……痕跡が、あるかも……』

と、いきなり耳元で囁かれるような声がした。

びくっ、として朱巳の方を見る。

「何か言った？」

訊くと、朱巳は肩をすくめて見せた。そしてどこか投げやりに言った。

「あたしじゃないわ――〃出た〃んでしょうよ」

言われて、千鶴はあわてて周囲を見回す。

「――でもそんな気配はないわよ？ ふざけているんじゃないでしょうね？」

「あたしがここでふざけて、何の得があるっていうのよ？」

朱巳は、危機的状況下でもまだ軽口を叩いた。

しかし――しかしもしここに敵が潜んでいるとすれば、かなりまずい……敵のテリトリーである駐車場の奥にまで入りすぎた……！

「〝フライディ〟！　あなたの能力で奴を感知できないの？」

「その名前は嫌いだって言っているでしょう。能力名としてならまだしも、自分までそんなコードネームで呼ばれたくないわ」

「そんなこと言ってる場合じゃ……」

せせら笑うみたいな朱巳の態度にカッときた、その瞬間だった。

がさっ、と背後で何かが動く音がした。

とっさに振り向き、そしてミセス・ロビンソンは自身の、暗殺タイプの能力である〈ワイバーン〉を放っていた。

手の甲と掌《てのひら》から滲《にじ》み出た体液を、さながらナイフを投げるように射出したのだ。それは空気に触れた時点から高熱を発しはじめ、そして着弾したときには――爆散する。

ぼん、というむしろ間抜けな音が駐車場に響いた。

爆煙が晴れると、駐車場のコンクリートの壁に穴があいている。だが、死体らしきものはなかった。

いなかったのか――いや違う！

（よけられた――）

彼女の反応速度は常人の数倍だというのに、だ。

相手は人間ではない。それは確実だった。

「あらあら、まいったわね」

朱巳が呑気《のんき》な口調で呟いた。

「私の後ろに隠れなさい！」

千鶴は大声で朱巳に命じた。戦闘能力のない朱巳では、ただやられるだけだ。相手が精神攻撃ではなく直接戦闘を仕掛けてきた以上、朱巳はただの――足手まといである。

『……足手まとい、だ……』

また、声がどこからともなく聞こえてきた。

すると朱巳は「ふむ」とかすかにうなずいて、

「そりゃそうね。ではあたしはちょっと離れているわ」

と、ミセス・ロビンソンから逆に距離を置いてしまった。

「何してるのよ?!　危ないわ！」

千鶴はあわてた。だが朱巳はニヤリと笑って、

「逆よ――あんたが近づいてくる方が危ないのよ」

と訳のわからないことを言った。

千鶴は仕方なく、自分の方から朱巳を守るために接近しようとした――だがそのときに、また物音がして、そして目を向けたとき、一瞬彼女は我が目を疑った。

そこには人間の形をしたものはいなかった。代わりにそこにいたのは人よりも遙かに小さくて、そして四つ足の――

（――犬⁉）

それは狩猟犬の、ビーグル犬だったのだ。スヌーピーのモデルにもなったぐらいで見た目は可愛いが、しかし本気で戦いを挑んでくればそこは肉食獣、素手《すで》の人間よりも遙かに強い。

それでも戦闘用合成人間の敵ではないはずだ。だが彼女の放つ一撃はまたしても寸前で跳躍されてかわされる。

爆発が辺りの空気を揺さぶるときには、もうビーグル犬はその場から姿を消して、どこかに隠れてしまっている。

当たり前だが、犬としても普通ではない。こっちの特殊攻撃が見抜かれてしまっている……！

「あ、あの犬が一連の事件の黒幕だったの⁉」

千鶴が叫ぶように言うと、朱巳がとぼけたような声で言った。

「詮索は後回しにして、今は戦いに集中した方がいいんじゃないの？」

その言葉が終わるかどうかという時に、またビーグル犬がコンクリート床を蹴るかすかな足音がした。

とっさに振り向いて、攻撃しようとしたときには、やや手遅れだった。

その鋭い牙《きば》が、千鶴の右の二の腕を切り裂いていた。だがそれでも、噛みつきかけてきたその攻撃を、彼女は蹴りを放って相手を吹っ飛ばすことでかろうじてかわした。

犬は腹を、べこり、と凹ませて弾け飛んだ。

思い切り蹴ったのだ。内臓はぐしゃぐじゃのはずだ。

だがビーグル犬は、身体のことなどまるでお構いなしにすぐに立ち上がった。その口からは血が垂れているが、内臓を破壊された吐血というには、それはあまりにもささやかなものでしかない。

「……?!」

千鶴は、再び飛びかかってきたそいつから伏せて避けるのに精一杯で、またしても姿を見失った。

「……なんなのよあれは？」

死んでなければおかしいだけの一撃は与えたはずなのだ！

「だから、アイツはもう死んでるのと同じなんじゃなぁい？」

朱巳がせせら笑うように言う。

おかしい、とここでやっと千鶴は気がつく。

なんで彼女よりも隙だらけで、弱いはずの朱巳の方にはビーグル犬は一向に攻撃してこないのだろうか？

（戦闘態勢にさえ、入っていないのに——）

そう思ったとき、また声がしてきた。

『……戦闘態勢に、入って……』

あの声は犬が発しているのだろうか？

いや、犬にそんなことができる声帯などない。

では一体——まさかすべてが幻覚なのか？

それにしては、腕から流れ出る血の熱さや、体内を伝わるアドレナリンの昂揚《こうよう》などがあまりにも現実だ。それに幻覚の中であるなら、わざわざビーグル犬などが襲ってこなくとも、もっと簡単に彼女を仕留めることが可能なはずだ。

なぜ声は耳元で聞こえるのか？

この声は朱巳にも聞こえているようだ。彼女にだけテレパシーのように響いてきているわけではない。では何故？

緊張と焦燥から、息が荒くなっているのがわかる。我ながら呼吸音がわずらわしいくらいだ。はあはあ、となんだかからみついてくるようで——

（……え？）

彼女は、ここでやっと悟った。

朱巳の方を振り向く。

彼女の〝娘〟はニヤリとして、言った。

「ご名答。声は耳元で聞こえていたんじゃない――あんたが自分で囁いていたのよ」

「……跳ね返って来ていたというの？」

相手は空っぽで、鏡のように、相手に向けていた彼女の考えを彼女自身に返していただけなのか？

では、ではまさか……今のビーグル犬の攻撃というのは……。

「とりあえず、その殺気をぷんぷんさせている構えを解いたらどうかしら？」

朱巳に言われて、ミセス・ロビンソンは戦闘態勢をゆるめた。

その途端に物陰で、どさり、と何かが崩れ落ちる音がした。

4.

行ってみると、思った通りのものがそこにあった。

内臓を砕かれているビーグル犬は、その場でこときれていた。その表情には何の苦悶も見られない。死体というよりもまるで剝製《はくせい》のようだった。

そう、今死んだのではなく、なんだか何年も前に生命が尽きていたような、そんな雰囲気があった。そこには生命が消えたときの痛みが皆無だった。ただ内臓機能が壊滅したので、生体活動も終わった、それだけだった。

「――結局、この犬もまた……ということなの？」

「そうね。おそらくはあの入院したままでぴくりとも動かない昏睡連中と同じ――生きていくのに絶対に必要な〝なにか〟を抜かれて、それでそのまんまここでずっと動かないままでいたんだわ」

つまり、このビーグル犬――おそらくは飼い主に捨てられた犬であろう――こいつもまた、あの一連の謎の事件の〝犠牲者〟だったのだ。

だが敵としては恐るべき相手だった。もしも朱巳がその正体を推理できていなければ、千鶴はただ闇雲《やみくも》に攻撃を重ね、やがてはやられていただろう。

ミセス・ロビンソンはあらためて、九連内朱巳の才能がその特殊能力に頼るものだけでないことを思い知っていた。それは頼もしいことではあるが、同時に心落ち着かないものでもあった。優秀すぎて、なんだか――

「殺気を向けたら、攻撃してくるように仕込まれていたの？」

「それはどうかしら」

素っ気《そけ》ない調子で朱巳が言ったので、千鶴は顔を向けた。

「え？」

朱巳はぶすっとした表情である。

「これをやった〝犯人〟が何者であれ、こんな人通りのない所に罠《わな》を仕掛けておく必要はない。おおかた〝実験〟でもしたんでしょうよ」

言われればもっともである。だが……その方がもっと不気味であった。実験というが、それは果たして何をどうするための実験だというのだろう？

「……いったい敵は何をしているのよ?!　目的は何なの？」

千鶴はつい、ヒステリックな声を上げてしまった。

「………………」

朱巳は、これには答えなかった。

しばらく、無言でビーグル犬の骸《むくろ》を眺めていた。

だが突然、その綺麗な顔をゆがめて「けっ」と吐き捨てるように呟いた。

「……文字通りの負け犬というわけね、まったくクソ忌々しいわ」

少女にはさっきまでの冷笑的な余裕の態度など欠片もなく、ただただ不機嫌であった。

「捨てられて、悪夢に出会って、人形になって、あげくにボロ屑のようにくたばる――冗談じゃないわ。こんな鬱陶《うっとう》しいものに出会うんだったら、この件は霧間凪に回してやるんだったわ
……！」

まるで〝汚らしいものに触ってしまった潔癖性〟の人間のような、剥き出しの嫌悪感がそこ

にあった。

まるで〝見たくはない己の姿〟をそこに見ているかのように。

その剣幕《けんまく》に千鶴がちょっと茫然としていると、朱巳は腰をかがめて、そして犬の死体の側に膝をついて、手を伸ばした。

その細い指先が、そっ、と動かぬ犬の瞼を閉じさせた。

と思うといきなり立ち上がって、そしてきびすを返してその場から歩み去っていく。

「……ち、ちょっと！」

「冗談じゃないわ！　こんなむかつく場所にいつまでもいられないわよ！」

朱巳は振り向きもしない。

「……この死体もサンプルのひとつよ。回収しないと」

「勝手にすればァ?!　あたしは知らないわ！　ええ、知ったこっちゃないわよ、まったく……！」

朱巳の罵《のの》り声は、遠ざかっていく速度を落としもしない。やがて、足音すら聞こえなくなった。

「………」

千鶴はしばらく立ちすくんでいた。

確かに偽者の、かりそめの〝母親〟に過ぎないのだが……それでも同じ屋根の下で暮らしているのに、どうして自分はあの少女のことが決定的にわからないのだろう、と千鶴はぼんやりとそんなことを考えていた。

九連内朱巳こと〝レイン・オン・フライディ〟

金曜日、という変わったその名前には色々な意味がある。豊穣の女神《フレイア》から取られているはずの名前なのに、その曜日はまた陰鬱《いんうつ》の日でもあり、気まぐれの日でもあり、罪人の刑を執行する日でもあるのだ。十三日の金曜日、という例の奴もある。

正《まさ》に定義できぬ、そういう少女にはふさわしい名前ではある。

「……しかし、もう少し何とかしないと、あの娘、ほんとうに……」

あれではいつ、危険分子として処分するように命令されるかわかったものではなかった。

彼女はため息をついて、そしてビーグル犬の死体の方に向き直った。

だがサンプルにするといっても、やはりこの死体そのものもおそらくは手掛かりにはなるまい。肉体的にはなんの異常もないのだろう。あの病院で横たわり続けている少年少女と同じように。

いったい〝敵〟はどこにいるのだろうか?

彼女がもう一度ため息をついたときのことであった。

『……しかし〝敵〟はどこにいるんだろうな』

という声が耳元で囁いたような気がした。

「……?!」

あわてて自分の口を押さえるが、しかしそこにはなんの動きもない。自分で喋っているのではない。

そこに声は続く。

『用心深いのか、それとも決して自分から表に立とうとしない奴なのか……兆候らしきものを感知しても、これではいつも手遅れになるばかりだろう』

その声は、なんというのか……なんだかわからない声だった。男のような、女のような、子供のような大人のような、性別も年齢もはっきりしない、あやふやな声だった。

「……誰かいるの?!」

彼女は辺りを見回した。

別に隠れてもいなかった。

振り向いた背後に、そいつはいつのまにか立っていたのだ。

だが——その姿を認めて、ミセス・ロビンソンはまた絶句していた。

黒い帽子に黒いマントを身にまとって、そのシルエットは人というよりも筒《つつ》が地面から伸びているように見えた。

真っ白な顔に、黒いルージュが引かれている。

「——だが確かにいる。ぼくが浮かび上がっている以上——必ず近くにいる」

その、男だか女だかさっぱりわからないシルエットは言葉を続けた。

「――〝世界の敵〟は、確かにここにいた」

それはさながら、周囲の影がそこだけ明確な形に変わって浮かび上がっているかのようだった。

「お――おまえは?!」

ミセス・ロビンソンは身構えて、そいつから跳び離れた。殺気を向けても、そいつは今のビーグル犬と違って彼女に攻撃はしてこない。

「おまえ、いったい何者だ?!」

彼女の問いに、影は静かに答えた。

「名前はブギーポップだ」

聞いたことのない名前である。だがよく見ると、彼女はそいつのことを前にも見たことがあるような気がした。だがこんな奇妙な奴とどこで会ったのか、それはどうしても思い出せなかった。

「君たちの言うような意味での所属はない。だから質問には答えられないな」

「……見ていたのか?」

「今の、この哀れな存在が倒れるところなら、確かに一部始終を目撃させてもらったよ」

影は淡々とした口調で言った。

「見られたからには、死んでもらう……!」

ミセス・ロビンソンは手を持ち上げていく。

だが影はその彼女の態度にはまったく注意を向けずに、また犬の死体を見た。

「……方向性がはっきりしていない。あるいはこの〝敵〟……自分でも何がしたいのかまったくわかっていないのかも知れないな」

「わかっていないのはおまえだ！」

言いながらも、ミセス・ロビンソンは〈ワイバーン〉をそのブギーポップと名乗った影に向かって放った。

だが一撃は、ブギーポップに触れる前に空中を走った線のようなものに遮《さえぎ》られて、そこで爆発した。

「………！」

爆風が晴れると、ブギーポップは平然として、そのままの場所に立っている。

「物騒だね。だがおそらく、君のその能力ではこの〝敵〟にはまるで歯が立たないだろうな」

彼女を横目で見つめながら、ブギーポップは宣告するように言った。

「……なんですって？」

ミセス・ロビンソンはもう一撃を撃つべきかどうか迷った。今、どうやってかわされたのか、まるで見えなかったのである。そのくせこいつは、その隙にできたはずの反撃をしてこなかった。

「君の能力は戦闘用だ。だがこの〝敵〟はおそらく、君にその能力があろうがなかろうが関係なく、もっと回りくどく、かつ不意打ちで襲ってくるだろう。卑劣という概念など考慮もせずに」

静かに語るそいつは動かない。こいつには彼女と戦う気はない、それは確かなようだった。

「……お、おまえもあの事件を追っているの？」

「ぼくを導いているのは〝世界の危機〟だ」

ブギーポップは犬の死体を見ながら、囁くように言う。

「何が目的だ？　まさかおまえも、あの霧間凪とかいう少女と同じ〝正義の味方〟だというんじゃないでしょうね……？」

「ぼくは自動的なんでね、その辺のことは自分でもわからないのさ」

得体の知れないことを言う。こいつはさっきから意味の取れないことしか言っていない。彼女は頭が混乱してきた。

ブギーポップはそんな彼女のことにお構いなしで、犬の死体を観察している。

「……そしてこの犬《かれ》もまた、自動的なるものに変えられたが故に、己の生命が終わっていることすら気がつかなかったわけか……生命と魂と、そして意志と尊厳と——どれだけのものを踏みにじれば気がすむのか。どうやら今回の〝敵〟はひどく——」

ブギーポップは底無し沼のような昏《くら》い眼をしていた。

「――質が悪いようだ」

　その声は、まるですきま風のようにささやかな響きで、それでいてなんだか――

「…………っ」

　ミセス・ロビンソンは背筋が凍りつく感覚を覚えていた。そのブギーポップの言葉は、さながら振り下ろされる氷の刃のごとく、何の容赦《ようしゃ》も感じられぬ冷ややかさで彼女の耳を打ったのだった。

　こいつは死神だ、と彼女は直感で悟っていた。こいつの敵となった者は、それが何者であっても、どんな立場にいても、まったく考慮されずに、ただ消されるのみなのだ。

「……お、おまえにはこの〝犯人〟の見当が付いているの……？」

　質問に、ブギーポップはあっさりと答える。

「いいや。まったく」

　その簡単な言い方に彼女は肩すかしを喰らって力が抜けた。

「……あ、あのね」

　やたらもっともらしいことを言っているから、てっきりもうすべてを見抜いているのかと思っていたのに、立場としてはこいつも彼女と同じのようだ。

　ところがここでブギーポップは思いもよらぬことを言い出した。

「だから不本意ながら、ぼくは君の娘の朱巳、そしてあの霧間凪の方を狙うことにしよう」

簡単な口調だったので、ミセス・ロビンソンは一瞬意味が掴めなかった。

「……え？」

「彼女たちなら、必ず犯人まで辿《たど》り着くはずだ……しかしそれで勝てるかどうかはわからない。ぼくはそこに便乗させてもらうとしよう」

ブギーポップの声はやはり冷ややかなままだ。

そしてこれは、要するに九連内朱巳と霧間凪を囮にする、と言っていることに他ならない。たとえその二人が危険な目に遭おうと、これを助けない——そう言っているのである。

「……なんですって？」

千鶴が悲鳴にも似た声を上げると、ん、と黒帽子は彼女の方に視線を向けた。

「おや、なにか文句がありそうだね」

「そ……それは」

「本来、そういう立場に立っているのはむしろ君の方じゃないのかな？　娘を正体不明の敵と戦わせる、君はそのためにこの街に来たんだろう？」

「………それは」

千鶴は力無くうなだれた。こいつの言う通りだったからだ。彼女はあくまでも、今回の任務では後ろで控えているようにと命令されているのだから。

「自分の娘よりも任務が大切——それが君のような者の立場だ。違うかな」

「…………」

彼女が口ごもると、黒帽子は嘆いているような、微笑むような、左右非対称の奇妙な表情をしてみせた。

「……今、君は本来うなずくべきでないところでうなずいたみたいだな」

「え？」

「〝自分の娘よりも〟と——しかしそれは本当はそうじゃないんだろう？ 君らは実際には親子ではないはずだ。だが君は、そこでうなずいてしまった——」

言われて、千鶴はぎょっとした。

「そ、それは——」

「おそらくは、そこが君の弱点だ。もしも君が霧間凪や九連内朱巳よりも先に〝敵〟と遭遇したならば、そいつは間違いなくそこを突いてくるだろう。気を付けた方がいい——」

黒帽子の声は一定のトーンから、決して崩れずに、ひたすら囁き続けている。

「ど、どういう意味よ！」

彼女は相手の方が彼女の攻撃よりも速く動いたことも忘れて、黒帽子に近づこうとした。

だがその瞬間、その黒いシルエットは床をすばやく蹴って、そしてさっきの戦闘で柵が破れていた穴に飛び込んでいった。

その向こう側は、何もない空間だ。地面までは十数メートルもある——

「………！」

そのまま下に落ちていったブギーポップの後を追って、ミセス・ロビンソンはあわてて柵から身を乗り出した。

だが地面には何の異常もなく、そしてあの黒マントの姿もどこにもない。跡形もなく、消え失せていた。まるで最初からあんな変なものなどどこにも存在などしていなかったかのように。

「……な、なんなのよ、一体——」

彼女は追うどころか、ふらふらする頭を必死に押さえて、自分が穴から転げ落ちないようにするのに精一杯だった。

そして彼女は、この立体駐車場の前に一台の自転車が止まり、そこからひとりの人影が降りたのを見て、はっと我に返る。

（——！　あ、あれは……！）

普通の人間ならば視認できない距離だ。だが常人に数倍する精度を持つ彼女の眼にははっきりと見えた。

革のつなぎで全身を覆っている、その人影は、

（き、霧間凪……？）

あの、朱巳のクラスメートの少女だったのだ。

彼女は歩いて、こっちへやってくる……！

5・

（……確かに、こっちの方から爆音が聞こえてきた）

凪はそびえ立つ立体駐車場を見上げた。

（かすかだったが、間違いない——車のバックファイアでも、花火でもなかった——あれは炸《さく》裂音《れつおん》だ）

彼女はひとり心の中でうなずくと、駐車場に向かって歩き出した。

入り口からの侵入は避けて、裏の柵をよじ登って中に入った。するとそのとき、がたん、という音が上の方で聞こえた。

「——む」

凪はそっちへ向かおうとした。

だがそこで背後に誰かが立った。

「無駄だよ。今のは逃げ出した音だ。もうこの駐車場からミセス・ロビンソンは脱出した」

いきなり言われて、凪は振り返った。

黒ずくめの奇妙な影がそこに立っていた。

「やあ、久しぶりだね」

「……おまえは」

前にも会ったことがある。いつも異常な状況でしか顔を合わせたことがないが、凪はそいつをとりあえずは知っていた。

「ブギーポップ――なんでここにいる?」

「さてね。君と同じ目的かな?」

「おまえもあの〝集団昏睡事件〟を追っているのか?」

「具体的なことそれ自体は、ぼくとは関係ない。ぼくがいるのは――」

「世界の危機が迫っているから、か?」

凪はすこし苛立たしげに言った。

「そんなものは、いつでもどこにだってある」

「そうだね、だからぼくも結構、まめに出ているわけだ」

おどけたような言い方である。

「――ここで何があった?」

凪は鋭い目つきになって訊いた。ブギーポップはマントの下で肩をすくめる。

「それがわからないから、苦労している。君も、九連内朱巳もね」

「――あいつも来ていたのか」

凪はかすかに舌打ちした。

「先を越されて、悔しいのかな？」

からかうような言い方だったが、凪はそれには構わず、さらに訊いた。

「あいつ自身がここで何かをしたんじゃないな？　何かと戦ったのか？」

ブギーポップはやや眼を細めた。

「どうしてそう思う？」

「〝先〟と言ったからな。つまりオレやあいつの目標か、それに類するものがここにはあったということだろう？　今じゃもう、ないのかも知れないが」

「君は、油断も隙もない人間だねまったく。下手なことが言えない」

「ミセス、とも言ったな。あの九連内の母親も関係者なのか？」

凪は容赦なく、さらに訊く。

ブギーポップはとぼけたような顔つきになる。

「さて、そろそろノーコメントということにしないと、何を勘づかれるかわかったものじゃなさそうだね」

「勘づいて欲しくないことでもあるのか？」

凪の声と視線はさらに鋭さを増す。

ブギーポップもそれを正面から受けとめる。

しかし、この黒帽子の凪を見る眼はなぜか、どこか眩《まぶ》しいものを見ているような表情がある。

「……？」

凪もそれに気がついて、訝《いぶか》しげに眉を寄せた。

「君は強いねえ。いや、まったく」

ブギーポップは妙にしみじみとした口調で言った。

「……なんのことだ？」

「その強い君は、いったい何という名前なんだろうね」

「何言ってんだ？　おまえだってオレの名は知ってんだろう」

「キリマナギ、かい？　しかしその名前を君に付けてくれた人は、愛《いと》しい娘に今のような危険なことをして欲しいとは望んでいなかったんじゃないのかな。だとすれば今の、そうやって強い〝君〟にはまた別の名前があるんじゃないかな」

愛しい娘云々、と言われて凪の顔にはあからさまな困惑が浮かび上がった。やや顔をゆがめて彼女は強い口調で言う。

「……ごちゃごちゃと、訳のわからないことを……！」

その凪の動揺をめざとく見つけて、ブギーポップが意地悪く言う。

「おやおや、その辺が君の弱みかい？」

「うるさい！」

珍しく感情的に、凪は怒鳴った。しかしこの怒りをブギーポップはまた、眩しそうな表情で受けとめる。

「まったく、君がうらやましいよ」

「……なに？」

「君にはまったく〝自動的〟なところなどない。すべてが自分の意志によって、まっすぐに決定されている。不気味なぼくとは正反対だね」

意外な言葉に、凪はやや戸惑《とまど》う。

「……なんのことだ？」

「もっとも――それ故に、君はもはや逃れられぬ運命にがんじがらめにされているとも言えるわけだが――そんなことを気にするタマでもないか」

投げやりに、あきらめたような調子で言われた。凪は「ちっ」とまた舌打ちした。

「運命なんて言葉を、簡単に口にするな」

「君は嫌いかい？」

「大っ嫌いだね。この世にそんなものがあるものか。そういうことを言いたがる奴は、ただ怠けているだけだ」

凪の力強い断定に、ブギーポップはやれやれといった感じでマントを揺らした。

「――そう言いきれるから、君は強いし、そして、だからこそ、運命に縛られているんだが、ね」

「知るか」

凪は吐き捨てるように言った。そして、ふと思いついたように訊いた。

「そういう——おまえはどうなんだ？」

「だから、ぼくは自動的なんだよ」

「そうじゃない——〝宮下藤花〟は、どうなんだと訊いているんだよ」

凪の眼はブギーポップの——その少女の顔をした性別不明の怪人の、その瞳の底を覗き込むようにして見据えてきた。

「————」

ブギーポップは答えない。

「もちろん、オレに調べがついていないとは思わないよな。おまえと最初に会ったあとに、すでに宮下藤花の住所から病歴に至るまですべては調査済みだ。しかし——やっぱりわからない。今の、そのおまえは本当に宮下藤花ではなく、ブギーポップなのか……それとも全部が演技なのか」

「…………」

ブギーポップは無表情だ。

「オレはちょっと考えたことがある……おまえの言う〝世界の敵〟という条件は、実はおまえ自身にも当てはまるんじゃないのか、と。だから時折出てくる〝泡〟だのなんだのとか言って誤魔化しているが、ほんとうはそれは単なるカモフラージュでしかないのではないか、と。おまえが世界の敵を狩って回っているのは、いずれ自分のライバルになりそうな奴等を先に潰《つぶ》しているだけなんじゃないか、ってな——違うか？」

凪の声には容赦がない。

「………」

ブギーポップは表情を変えない。

「どうなんだ？」

凪はさらに問いつめる。

するとブギーポップは、ふう、とため息をひとつ吐き出した。

「——だったら、どうするんだい？」

「オレには正直なところ、おまえのいう世界の敵とやらが何を示しているのかよくわからない。だがそれが、オレが考えているような意味で使われていて、おまえがその同類ならば、いずれ——おまえはオレの敵になるな」

凪はむしろ淡々とした口調で言った。

しかしブギーポップは、この宣戦布告のような言葉に、ひどく疲れたような返事をかえした。

「やはり——君は強い」

「——あ？」

「ぼくではとても、そういかないね。悲しいことだが——ぼくが本当は何者なのか、少なくともここにいる〝自動的〟なぼくには見当のつかないことだ。あるいは明確な目的があるのかも知れないが——それは未だ姿を見せていない」

「何を言っている？」

凪は理解できず、やや苛立ちを見せた。

そんな彼女に、ブギーポップは微笑みかけるような、挑んでくるような、左右非対称の複雑な表情を見せた。

「ひとつだけ忠告しよう——君は君の仕事をしたまえ。ぼくの運命とは無関係に、ね——」

そして身をひるがえす。

あっという間に、さっき凪が乗り越えて入ってきた柵を一跳びで飛び越し、姿を消した。

「——待て！」

凪は追いかけようとしたが、しかし、その足を途中で停めた。

（いや——確かに、自分の仕事が先か）

ここであいつを追いかけても、意味がないと判断したのだ。ここで何かが起きた——もともとはその調査に来たのだ。それに、あまり余裕はないかも知れない。

彼女は駐車場を上に昇り始めた。

すぐに、さまざまな爆発跡やら何やらを発見する。ここで今、戦闘があったのは間違いない。だがもう勝者も敗者もいない。死体も持ち去られた後だった。そういえば、さっきあいつは「もう脱出した」とかなんとか言っていた。しかし、それならばまだ、その後続が来たわけではないからすべての証拠が消し去られてはいないはずだ。逃げた奴から知らせを受けて、他の奴が来るまでは幾分かのタイムラグがある。

凪はあわてることなく、周囲を観察していく。そして眼が一点で停まる。

「――む」

床の上にかすかな染みがあった。採取用のヘラを取り出して、かりかりとその表面を削る。

「――血痕、か？　何の血だ……？」

凪は静かに作業を続ける。

第三章　無疵の闇

『世に、真に価値のないものがあるならば、それはさながら疵《きず》ひとつ無い魂にこそ似て――』

――霧間誠一〈ヴァーミリオン・キル〉

1.

九連内朱巳とて、学校でいつもいつも取り澄ましてええかっこしいを気取ってばかりではない。対等の友人、と呼べるような人間もちゃんといる。

「だからさあ、私ってなーんか期待されてんのよねえ、困ったことにさ」

と朱巳がいつもの如く自慢げに嘆くと、相手の彼女は、

「それはあんたが〝期待されるべき人間を期待しなきゃ駄目よね、そうよね〟ってオーラを周囲に振りまいてんのが悪い」

とクールに言い捨てる。

時刻は放課後、場所は美術室だ。二人の他は誰もいない。

朱巳はけらけら笑った。

「きっついねえ、辻は！　もっとも、だからこそ私も安心して愚痴《ぐち》がこぼせるってもんだけどね」

辻と呼ばれた少女は、スケッチブックを手にして、朱巳をデッサンしている。その手つきは鮮やかで、速くてうまい。おそらく教師も含めて、この学校で一番絵の才能と実力を持っている人間だろう。

「………」

基本的に無口で、辻は鉛筆をさかさか動かして朱巳の顔や姿を描いている。

「あんたって、将来は何、画家？　漫画家？　イラストレーター？」

朱巳が、それまで彼女が描いた他の絵を見ながら言う。朱巳が動いても辻は文句を言わず、その動いたイメージの方をすかさずスケッチする。

「将来、ね。そんなもん、あるって気がしないのよ」

辻は静かに言う。朱巳は笑った。

「ずいぶん達観してんじゃん！　何よ、たかが両親が離婚してて、中学生で一人住まいしてるからって、あんたの才能の方がそんな立場を遙かに凌いでるわよ」

慰めているのか、馬鹿にしているのか、朱巳の言い方はよくわからない。

「いや、そういうことでもない」

辻の方も、別に気にした様子もない。

「じゃあ何、なんか他に困ったことでもあんの？　はっきり言って、あんたってどんな絵の学校に行っても教師よかうまいと思うわよ。さっさとプロにでもなっちゃいなよ」

「……まあ、なんつーか、ね」

辻は歯切れが悪い。

おや、と朱巳はそんな辻の様子に眉を寄せた。

そもそも、クラスの違うこの二人の馴《な》れ初《そ》めは、九連内朱巳の〝話題の能力〟を聞いた辻の方から例の申し込みがあったことが出発点ではあるのだが、それから辻は朱巳を見て「いや能力とやらはどうでもいいから、あんたをスケッチさせてくれないかな」と言い出したところから始まった。なんでも朱巳は、絵のモデルとして〝使える〟のだそうだ。朱巳も、そういう誉められるような言われ方が嫌いではない、いやはっきり言って好きなので、あっさりと暇なときに限ってという条件でモデルをＯＫしたのである。

それで色々と話をしている内に、朱巳は辻のあんまり幸福でない境遇とか、しかしそんなことなど問題にしない彼女の意志の強さと才能を見て、この女にしては珍しく、辻という少女に尊敬の念を抱いていたのである。朱巳に特殊能力があると聞かされていてもまったく動揺しない図太いところも気に入っている。

その辻にしては、こういう弱気な態度は珍しい。

「なんていうのか……〝未来〟ってものが信じられない気がするのよ」

辻はぼそぼそと言った。

ふふん、と朱巳は鼻を鳴らして、

「男ね」

と妙に自信たっぷりに言い切った。

辻が顔を上げて、朱巳の顔をまじまじと見る。

「は？」

「あんたのそういう態度は、あんたが今つきあってる男が煮え切らない奴だってことを示しているのよ。違う？」

朱巳はずばずばと遠慮のない言い方をした。しかし遠慮がなさすぎて、それははっきりとふざけている調子だった。辻は「ぷっ」と吹き出した。

「……男のことであんたにあれこれ言われたくないけど。有名よ、顔だけ男の内村を連れ歩いているって」

ああ、とわざとらしい態度で朱巳は天を振り仰ぐ。

「どうしてみんなは、私の純愛をわかってくれないのかしらねえ。私は完全に本気だってのに！」

辻はこの芝居じみた朱巳の挙動にくすくすと笑った。

笑いながらもスケッチする手の動きが停まらないところがさすがである。朱巳も彼女にあらためて笑いかけた。

「元気出た？」

「ええ、ありがと」

しばらく黙って、そのままスケッチを続けていたが、やがて朱巳がぽつりと言った。

「ほんとうに、さ……あんたみたいな才能のある人間があんまし〝未来がない〟とか言わない方がいいよ。なんつーか……他の人間も、一緒に落ち込んじゃうから」

「あんたにしか、そんなことは言わないわよ」

「……まあ、それは光栄だけど」

「なんであんたにしか言わないか、わかる？」

「え？　友達だから、じゃないの？」

「それもある……でも一番の理由は、あんたにも特別な能力《ちから》があるからよ」

言われて、朱巳の顔がやや強張る。

「……〝にも〟？　それ、どういう意味？」

「私も、あんたの〝レイン・オン・フライデイ〟と似たようなことをしている……私には『未来の風景をスケッチできる』という〝オートマティック〟と名付けた能力がある……あんたと私はいわば同類。だから、安心して愚痴もこぼせる——」

辻は淡々と言った。

「…………」

朱巳はもう、ふざけた顔はしていない。辻を見つめている。

「……それ、ほんとうなの？」

「さあ、どうかしら？　でも……少なくとも、私にあるっていうその能力では、私の未来を描くことはまったくできないのよね」

辻はなおもスケッチを続けながら言う。

「……あんたも特別な能力の持ち主だと？」

朱巳は、らしくなく念を押す。

「信じる？　別に信じなくてもいいけど」

言いつつ、辻は今描いていたスケッチを朱巳を見せた。

それは朱巳のようで、朱巳ではない絵だった。もっと大人びている。いや、それはもしかしたら——

「これって……」

「そう、三年後のあんた。かなり凛々《りり》しくなってるわね。ひょっとしてただの高校生じゃなくて、既になんかのプロになってるのかも知れないわね」

辻はウインクしながら言った。

「………」

冗談——かも知れない。

辻の画力をもってすれば、朱巳の未来の想像図など造作もなく描けるだろう。だが……それにしてもやたらにリアルだ。

もしもほんとうに、この辻に特殊な能力があるのだとすれば……

（——統和機構に報告する必要が——いや、義務がある）

そうなのだ。

統和機構にＭＰＬＳの存在、いや気配の段階ですら、それを報告しないことは一級の反逆行為で、間違いなく彼女はどんなに優遇されていようと抹殺される。

どうする――

「…………」

朱巳は一瞬、言葉に詰まった。

だが一瞬だけだった。

彼女は、ほとんど躊躇《ちゅうちょ》わなかった。

「私は、もっと美人になると思うんだけど？」

自信たっぷりに聞こえる言い方をした。

「あはは。まあ、そうかもね」

辻が笑った。

「そうよ、もう想像力の限界を超えるビボーをカクトクしてんのよその頃には」

朱巳も笑い返す。

これで、彼女はこれを本気には聞かず、冗談が友達の間でかわされた、ということになった。

大したことではない。朱巳は知られては生命に関わることなど、とっくに持っているのだ。

今さらひとつや二つ増えてもどうということはない。今回の任務の〝敵〟がこの少女であるなら話は別だが、どうやらその気配は皆無だ。彼女はやがてこの学校の生徒全員のチェックシートを統和機構に提出するが、そこにこの少女、辻希美については「何の問題もなし」としか記されない。

近い未来における世界の運命の分かれ目が、今ここで決したことを誰も知らない。

「――でも、さっきあんたが言ったこと、半分は当たってる」

辻がぽつりと言った。

「え？　なんのこと」

「男のこと」

辻は投げやりっぽい言い方をした。しかし朱巳は、その言い方に逆に真剣なものを感じたので、真面目な顔になる。

「――どういうこと？　あんたの才能についていけなくて訳のわかんないこと言うとか？」

「ああ――」

辻は苦笑いしながらかぶりを振った。

「あんたみたいに、そんな深い仲って訳でもないのよ。もうちょっと、その――ややこしい」

「へいへい、あたしはどーせ簡単な女よ」

ふてくされてみせると、辻は寂しげな笑みを見せた。

「私も簡単になれればいいんだけど、ね」

「片想いなの？」

「の、ようなもの」

「ふうん──でも、あんたが惚れる相手って、ちょっと想像つかないわね」

　これは本音である。なにしろ絵描きのセンスがあるから、なまじっかな美形などせいぜいが〝ちょっとしたモデル〟にしか見えない女なのだ。おまけにクールさは折り紙付きだし。

「うん、そうね──私も、説明に困る」

「大人なの？」

　そんな気がした。でもこれにも、辻は中途半端な笑みを浮かべて、

「大人でもあり、子供でもある──彼は誰にも頼っていないで一人で立っていて、心が真っ直ぐで、でも、だから、いつもとても寂しそう──」

　とよくわからないことを言うだけだった。

　朱巳は、この親しい友人の、おそらくは滅多にないほどの正直な告白を前にして、しかし、

「──ま、色々あるわね……人生って奴ァ」

　と年寄りみたいな口調で言うだけだ。すると辻も元の調子に戻って、

「まったく、ね」

　とクールに同意した。

　二人の少女は再び絵を描く側と描かれる側に戻って、放課後の美術室の中で、しばらく無言で過ごした。

辻と別れて、朱巳はひとり通学路を下っていく。

既に陽《ひ》は落ちかけて、世界は自然の光ではなく人口の光によって照らし出される空間に変わりつつあった。

2.

「…………」

朱巳は、やや早足で道を行く。いつも彼女は、まっすぐには家に帰らない。たいていどこかの店を覗いていくか、あるいは自分が夕食に食べたいものの材料をスーパーマーケットで買ってから帰る。

だから彼女が登下校ルートから外れて繁華街の方に行っても、さほど不自然だとは言えない。だが今日の彼女はやや、いつもと違っている。

何が違う、と聞かれても答えられるものはほとんどいないだろうが、彼女は普段であれば、ある癖がある。その癖を今日に限ってはまったくしないのだ。

それは〝後ろを振り返る〟ということである。いつも彼女は歩いていて、なんということもなく、だが何度も何度もうしろをちらちらと見る少女なのだが、それをまったくしない。

まるでもう、後ろに何があるのか知っている、と言わんばかりなのだが、そんなことは普段の彼女の癖を知っていて、かつそのことに気を配っている者でなければ判別など不可能だ。

やがて、彼女は街の中心部にまでやってきた。ビルが並び、イルミネーションが街を飾っている。

「…………」

彼女はその中を無表情で進んでいく。

だが心の中ではこう呟いていた。

(——さて、どうすべきか——報告を先にするか？ それとも——)

そんな彼女が、赤信号で立ち停まったときのことだった。

ぽん、と背中から肩を叩かれたのだ。

「——！」

ちょっと強張った顔で、彼女は振り向いた。

「よお」

と声をかけてきたのは、彼女には予想外にも——霧間凪だった。

「な、なによ？」

「クラスメートに、外で声をかけちゃいけないのか？」

凪はニヤリと笑って言った。朱巳のほんの少しの動揺を見抜いている、そういう顔だ。

「——そういうわけじゃないわよ」

朱巳は苛立ってかぶりを振った。どうも彼女は、この凪の前だと気分が落ち着かない。

「ライバルに話しかけられるのは嫌か？」

凪はさらに言う。冗談で朱巳が「霧間さんはライバル」とあちこちで言っているのを知っているらしい。

「――とにかく、ここじゃなんだから、お茶でも付き合いなさいよ」

朱巳は少し周囲を見回しながら、せかせかと言った。凪はうなずいた。

「オレがあんたの分を奢《おご》るならいいぜ」

「なんで？」

「おまえには借りがあったからな。それをここで返そうと思って」

「嫌よ。勘定は別々に決まっているでしょ」

朱巳はさっさと歩き出し、凪はやれやれと首を振りながらついていく。

二人は手近の喫茶店〈トリスタン〉に入った。朱巳はカプチーノ、凪はシナモンティーを注文した。中学生女子二人にしては妙に渋いオーダーだが、ウェイトレスは何の反応も見せなかった。というよりも、彼女はその少女たちが（二人とも制服姿なのに）自分よりも六歳も年下と思わなかったのだ。

二人は黙ったまま、睨むように向かい合っている。

やがてお茶が来て、二人がそれに同時に口を付けた直後に凪がぼそり、と言った。

「おまえ、尾《つ》けられているぜ」

「——だから？　それが何？」

朱巳もさらりと言い返す。凪はかすかに微笑みながら、

「やはり気がついていたか。三人いるぞ。それは知ってたか」

と言った。朱巳はここで「へっ」と鼻を鳴らした。

「四人よ。その後ろにもう一人ついていたわ」

得意そうな言い方だが、これに凪は笑って、

「それはオレだ」

と言った。朱巳は「む……」とちょっと顔をしかめた。

「何者か知っているのか？」

凪の質問に、朱巳は、

「さあね」

と素っ気ない。だが実は見当が付いていた。ビルの窓に、そいつらの顔が写ったときに見覚えのある顔があったのだ。反統和機構の組織でも最大規模を誇る〈ダイアモンズ〉のメンバーだと記録されている男の顔が、確かに確認できた。

（重要任務に就いている私を、マークしているというわけだ。それとも偶然に私を発見したかな……さて？）

朱巳はこれを、ミセス・ロビンソンに即座に報告すべきかで考えていたのだ。なんとなく、自分だけで問題を片づけてしまいたくなる気持ちが常に彼女にはある。

「なんだったら、手伝ってやってもいいぜ」

凪がウインクしながら言った。

「………」

一瞬、朱巳は、

(――ちょっと、いいかな)

と思ったが、すぐに首を横に振る。

「結構。こっちのトラブルよ。あんたには関係ないわ」

「別に関係あるなしじゃなくて、恩を売りたいんだがね」

「――ますます冗談じゃないわね」

言いつつも、朱巳もだんだんペースを取り戻していく。

「それで？　別に私に警告するために話しかけたんじゃないでしょう？　用件は何？」

「ふむ、察しがいいな」

凪はお茶に一口つけてから、静かに言った。

「正直、こっちは手詰まりだ。そっちが何か掴んでいて、あと一歩というのなら協力したい」

真面目な表情である。本気だ。

「解決が第一歩で、それを自分が成し遂げるという達成感は二の次ってわけ？」

朱巳が訊いても、凪はうなずきもせずに、

「――――」

と、ただ朱巳の返答を待っている。

朱巳は「ふう」とため息をついた。

「残念だけど、手詰まりという点ではこっちも同じよ」

「あの立体駐車場の件は？」

訊かれて、さすがにどきりとした。

「――なんで知ってるのよ？」

「あるお節介《せっかい》が教えてくれてね」

「――誰？」

朱巳はもちろん、内村杜斗のことを連想した。だが凪はかぶりを振って、

「言っても、信じられないような相手だ。変人というか、怪人みたいな奴だよ」

と答えたので、朱巳にはわからなくなった。だからその件を考えるのをやめる。この辺の切り替えは早い。

「駐車場では、ただ相手の痕跡らしきものを見かけただけ。直接的な手掛かりはなかったわ」

「戦ったんだろう？」

「――ホントによく知ってるわね。ま、戦いというか。単なる反射動作というか。ただし――」

朱巳は考えながら、慎重に言葉を選ぶ。

「――敵の狙いは、なんというか――生き物が生きていくのに不可欠な〝なにか〟――そういうモノのような気がする」

「だから、それを奪われてあの患者たちはああやって生命が停まってしまっている、と?」

「――わからないけどね」

朱巳はため息をついた。

「なにかがなんなのかもわからない。これでは敵の本体と会っても、どうやって戦ったらいいのかも、ちょっとわからない……」

朱巳は途中で押し黙ってしまった。

「…………」

凪も考え込む。

*

「……ほんとうにアレなのか?」

喫茶店〈トリスタン〉からほど近い暗がりで、三人の男たちが話し込んでいる。

「統和機構のメンバーには見えないぞ……ただ友達と話し込んでいる、普通の女学生だ」

「うーむ……しかし母親の方は確かにそのはずだ。パールが教えてくれた〝ミセス・ロビンソン〟に間違いない。その娘だというのだから、当然何らかのつながりもあるはずだ」

男たちは裏通りの物陰に身をひそめて、ぼそぼそと話し込んでいる。

「偽装で、娘の方は何も知らないとか？」

「あり得るな――」

彼らはどうやら、なかば九連内朱巳に興味をなくしたようで、彼女の方をほとんど見ずに話し込んでいる。もちろん朱巳の話相手の霧間凪など、まったく眼中にない。

「人質に使えるか？」

「――相手は統和機構だぞ。そんなものが通用するはずがないだろう」

「じゃあこれ以上、あの娘をマークしても意味はない、か？」

「下手すると、あの娘を囮にして我々の方が釣り上げられかねないぞ」

「身を退くのが無難か――」

彼らが、自分たち以外には聞き取れぬ小声で話し合っていた、その途中のことだった。

〝――馬鹿は救いようがないな？〟

という声がどこからともなく響いてきた。

「——?!」

彼らは一斉に警戒体勢で周囲を見回した。

だが、そのときにはもう——手遅れだった。

＊

「ところで、あの内村杜斗のどこがいいんだ？」

凪が唐突に訊いてきたので、朱巳は口にしかけたカプチーノをあやうく吹き出すところだった。

「な、なによいきなり？」

その動揺を見て、凪はおや、という顔になった。

「これは悪かった。勘違いのようだ。本気みたいだな」

「な、なんだと思ったのよ？」

「雇ってる、とか。男子生徒方面の情報収集係とか。おまえ色々と学校のことを探ってるだろう。その手先とか」

「……あのね、それはずいぶんとまた、殺伐《さつばつ》としたモノの考え方じゃないの？」

朱巳はいったん跳ね上がってしまった心臓を、なんとかなだめながら言った。

「おまえならあり得る、と思ってね」

凪に言われて、朱巳はさっきの辻との会話を思い出した。顔だけと付き合ってる、とか噂になっていることを聞かされた。

「……みんな、そんな風に思ってるのかしらね」

「かもな」

朱巳のため息混じりの言葉に、凪はあっさりとうなずいた。

「……少しはフォローしなさいよ。そういうあんたは？　あんたには好きな人とか、そーゆーのいないの？　まあ、そんなタイプでもなさそうだけどね」

朱巳のやや嫌味っぽい言い方に、凪はしかしすぐには答えなかった。口を閉じて、手にしたカップを少しのあいだ見つめていた。

「――いない、かな」

やがて、ぽつりと呟いた。

朱巳は眉をひそめて、

「いるんだかいないんだか、自分でもわかんないみたいな言い方ね？」

と凪の顔をじろじろ覗き込みながら聞いた。凪の表情には特に、これといってはっきりした感情はないように見えた。

「そうだな……わからない」

凪は静かにかぶりを振った。

「つまんねー人生ね」

朱巳は凪の、目には見えないかすかな揺らぎにはまるで気付かずに、へん、と鼻を鳴らした。

凪は微笑んで、そして言った。

「かもな」

「——あっさり認めないでよ、もう」

朱巳は苦笑した。

「はっきり言って、あんたもあたしも似たり寄ったりなんだからさ」

ぼやき気味の彼女に、凪は唐突に、

「〝人生がつまらないのは、自分がつまらない人間だからで、本質的には、人間というのは世界を面白がるようにできているものだ〟」

と文章をひとつ暗唱した。

「——は？　何それ」

「小説家としちゃ売れなかった男の言った言葉」

凪は肩をすくめながら言った。

「あんたの親父さん？」

朱巳は凪をしげしげと見て、そして、

「あんたって、ファザコンなんだ？」

と訊いた。

「かもな」

凪は簡単に了承した。

「それはそれは、幸せなことね。羨《うらや》ましいこって。それに比べてこちとらの親は——」

言いかけて、朱巳は口を急に閉じた。

「？」

凪はそんな彼女の動揺を見逃さない。彼女にはわかってしまったのだ。

「おまえ、あのお母さんは——」

言われて、朱巳はやれやれ、と首を振った。

「そうよ、ほんとうの母親じゃないわ。本物の方は、今はどうしているやら」

「——父親は？」

「今はどうしているやら」

機械的に朱巳は繰り返した。

「…………」

凪が見つめていると、朱巳はため息混じりに、

「あの夫婦は、結局自分たちが大切で、子供なんかいらなかったのよ、きっと」

と言った。その表情には決定的に何かがない。それが〝怒り〟であることは凪にはすぐにわかった。怒りは、手掛かりのある相手にしか使えない感情だ。あまりに取っ掛かりがないと湧きようがない。さもなければ……克服して、相手を完全に許しきっていない限りは。

「——あながち伊達《だて》じゃないわけか」

「ん？」

「〝傷物の赤〟の綽名は」

凪はうなずきながら、しみじみとした口調で言った。

「…………」

朱巳は目を丸くし、少し絶句してから、

「——誉《ほ》められたのかしら？　今？」

と訊いた。

「受け取り方は、ま、好きなように」

凪の返事は素っ気ない。だが朱巳はくすくすと笑った。

「誉められたのよね？　いや、あんたにそんなことを言われるとは思わなかったわ」

朱巳は、本気で妙にくすぐったい嬉しさを感じている自分に照れていた。

はっきり言って、実の親のことは確かに彼女にはもうどうでもいいことだった。統和機構に監視対象MPLSとして加入する際に色々と受けた〝チェック〟の屈辱と苦痛を思えば親のしたことなどかわいいものだった。復讐《ふくしゅう》する気も起きないし、現に彼女は統和機構に、どこかにいるはずの両親の保護すら依頼し、承認されている。そういうことに関して、統和機構は決して嘘はつかないから、今頃両親はそこそこに満ち足りた生活を送っているはずだ。ただし――〝九連内〟という名だけは捨てさせた。それは今では彼女だけの名だ。誰からの由来でもない、彼女だけの名が欲しかったのである。それは彼女が途方もない意地っ張りであることを表しているのかも知れない。

だが、そういう彼女が、この霧間凪がかるく言った言葉に、いとも簡単に喜んでしまうのが我ながら――変におかしかった。

「あはは、まったく――誉められて嬉しい、なんてゆー気持ちがまだ残ってたとは、いや、我ながら――ああ、おかしい」

朱巳は身体を丸めて、くっくっくっ、となおも笑っている。

さすがに凪も、そんな無防備な彼女に、

「哀れまれている、とか思わねーのかよ？」

と訊いてきた。これに朱巳は簡単に切り返す。

「あんたが？　はん、何をしないって、あんたは誰かに対して〝同情〟だけは絶対にしない人間よね。自分に厳しい分、他人にも厳しい――違う？」

「知るか」

凪は苦笑しながら言った。

朱巳もにこにこしている。

変わり者の少女たちは、なんだか妙にご機嫌で、しかしそれでも互いに決して心を許さずに、ごく普通の友達のように喫茶店の席上で向かい合っていた。


「――！」

その二人が、同時にびくっと顔を上げる。

そして、揃って席から飛び出したかと思うと、それぞれの背後にあった客席に飛び込んだ。

「わっ?! な、なん――」

それぞれの席にいた者たちは驚いたが、次の瞬間もっと驚くことになった。

いきなり少女たちは、それぞれその客を席から引きずりだしたのだ。

朱巳は席に足をかけて、綱引きのように一気に二人を、そして凪の方はというと、なんと子供二人の母子《おやこ》連れをいっぺんに蹴り飛ばした。

店内がこの突然のことに騒然となりかけたそのときに真の衝撃が襲ってきた。

暴走してきた車が店のウィンドウを突き破って、突っ込んできたのである。

爆発するような轟音《ごうおん》が響き、ガラスが飛び散り、テーブルが弾け飛んだ――それは今、霧間凪と九連内朱巳がいた場所と、その周囲の席だった。

「——ひ、ひえええっ?!」

ウエイトレスがか細い悲鳴を上げるが、それに残響する衝撃音にかき消されてよく聞こえない。

出っ張りに乗り上げて、タイヤが空転して停止している車には三人の男たちが乗っていたが——全員が、奇怪なことにその首に自分自身が携帯していたナイフを突き立てていて、完全に死んでいた。死体が運転してきた——そうとしか思えない。

どこかがひしゃげたのだろう、クラクションがずっと同じトーンで「ヴー」と鳴り続けている。

埃《ほこり》がもうもうと立ちこめて、視界の定まらぬ店内には、腰を抜かしてへたり込む母子連れなどがいるものの、どうやら血は流れていない。

野次馬たちがなんだなんだと集まってきて、警察に電話だ写真を撮れとか大騒ぎになっていく。店内にいた者たちはまだ茫然としていて、何が起こったのかよくわからなかった。そして唐突に、誰かがはっと気がつく。

「——あ、あれ？　い、今の——女の子たちは……？」

霧間凪と九連内朱巳の姿はどこにもなかった。

＊

「――ムチャクチャしやがるわね！」

喫茶店から走って逃げ、路地裏の物陰に隠れた朱巳は、同じように走ってきたとなりの凪に怒鳴った。

「――どうやらこっちのことは〝敵〟に完全に知られているぞ」

凪も厳しい目をして言った。

「そいつはオレたちが何かを摑む前に、こっちを消すつもりだ」

「しかし、あの私を尾けてきてた連中は、事件そのものとは無関係のはずよ？」

ダイアモンズは今回の事件とは無関係だ。そんな〝組織〟がバックにあれば統和機構にはすぐにわかる。バックがないが故に手がかりがなく、だからこそ朱巳が派遣されてきたのだから。

「――それがなんで、あんな風に特攻《とっこう》するみたいな」

「だから、あいつらも〝被害者〟なんだろうよ」

凪の言葉に、朱巳の顔が強張る。

「……〝敵〟にやられたって言うの？　死体にされて、操られて……？」

「たぶん、な」

凪は静かにうなずく。朱巳は愕然《がくぜん》となる。

「私を尾けてたから？ それだけで？ そんなに……そんなにも見境がないのだとしたら――」

朱巳の顔が青ざめる。

彼女は携帯電話を取り出して、どこかに連絡を取ろうとし始めた。その横で凪は考え込んでいた。何かがおかしいと思った。

（……しかし、なんでこっちのことが完璧にバレているんだ？ 九連内のこともオレのことも知ってるってのは、もしかすると――）

凪の眼は鋭く、何もない空を睨みつけている。

（〝敵〟は――オレたちのすぐ近くにいるんじゃないのか……？）

3・

ぷるるる、と電話の呼び出し音が鳴った。

「――」

ミセス・ロビンソンこと九連内千鶴はその音に嫌な予感を覚えた。

なにか、娘の朱巳によからぬことが起きたのではないか、という気がした。

彼女はためらいつつも、すばやい動作で受話器を取った。

「はい、九連内です」

『――ああ、どうもお母さん』

男の声がした。

「誰？」

彼女は訊き返した。

『あれ、いやだなぁお母さん――こないだ会ったじゃありませんか』

なんだかやけに馴れ馴れしい。千鶴は苛立った。

「いたずらなら切るわよ」

『冷たいなあ、この前はお食事をご馳走になったのに』

その言葉に、彼女ははっとした。言われてみれば聞いたことのある声だった。

「えーと――ウチモリ君、だっけ？」

『内村です。内村杜斗』

特徴の乏しい声の持ち主はやっと名乗った。

「何の用かしら？　朱巳なら、まだ帰ってませんけど」

やはり彼女はこの個性に欠ける男の子が好きにはなれない。言葉はつっけんどんで冷たい。

しかしこれに内村の方はいともあっけらかんと答えた。

『ああ、そりゃそうでしょうね！』

そのすっぽ抜けたような調子に、彼女は何か嫌な感触を覚えた。

「——どういう意味？」

しかしこれに少年は答えず、ひとり嘆息するように言う。

『いや、悪いのはあの霧間凪なんですよ』

「……なんのことよ？」

『まったく困った女ですよ……こっちとしてはうまいこと穏便《おんびん》に、大した騒ぎも起こさないで進めようと思ったのに、あの女と来たら横から嘴《くちばし》を突っ込んできて——』

「だから、なんのことよ？　何を言っているのよあなた？」

理解できずに、千鶴はややヒステリックに大声を出した。

『霧間凪は、学校中の人間に片っ端から訊いて回っている——本人もまだ気がついていないが、いずれ真相に辿《たど》り着くのは確実、というところまで調査は進んでいる……』

「……え？」

『あの女一人だけだったら、奴を片づければそれですむこと——だがそうなったら、あなたの娘さんが霧間凪のことを調べていって、真実を察知してしまうのもまた、確実——』

声は淡々としている。

「ま、まさか……」

『ばらばらに、ふたつを相手にするのはちと面倒なことになる——戦っても怖くはないが、やるならば二人まとめて、ということの方が都合がいい。僕がほんとうに相手にしなくてはならないのは、あの二人などではないからだ』

だが、こいつは、こいつの話している内容は、こんなことを知っているのはこの世でたったひとりの――

「お……おまえが?!」

『だから、二人を同時に片づけるか、一緒に戦わせるかのどちらを選択しなければならなかった。今頃はどっちかになっている頃だと思うが――まあ、あの二人だ。あの程度の攻撃では殺せないだろう。だから……』

くすっ、と笑う気配がすぐ近くでして、そして――

「……罠《わな》を張ることにした」

――と、聞こえてきた声は、もはや受話器の向こう側ではなかった。

はっ、と千鶴は振り向いて、そしていつのまにか背後に立っていたそいつめがけて必殺能力〈ワイバーン〉を放った。

爆発音が轟《とどろ》いて、携帯電話を持っていたそいつは吹っ飛ばされた。

身体を拗《ねじ》くれさせて、ごろごろとぶざまに床の上を転がる。

「────」

千鶴は戦闘態勢のまま、そいつの様子を観察する。

身体中が真っ黒に焦げて、ぶすぶすと煙を立てている。ぴくりとも動かない。

「──ふう」

一瞬、こっちの方が速かったようだ。向こうに攻撃する間を与えずにすんだらしい。

「……べらべらと、自慢げに喋っているからよ」

忌々しそうに言いながら、千鶴は動かないそいつの傍らに膝をついた。

しかし──朱巳に何と言えばよいのだろう？

この男の子は、あなたの調査の状況を探るために、騙《だま》して付き合っていました──と告げるのか？

あの意地っ張りの娘が、めずらしく本気で気に入っていたらしい男の子だったのに……。

だが、それにしても──

「……いったい、どんな能力だったのか」

という疑問は残る。あの昏睡状態の少年少女たちは、ずっとあのままなのだろうか。こいつを殺してしまったことで、原因は永遠に闇の中に消えてしまった。

統和機構にはどう報告すべきか──千鶴は自分が勝った喜びよりも、困惑の方が遙かに大きかった。

「——ん？」

彼女は死体を見ていて、妙なことに気付いた。

その頬の一部の、黒こげの部分がなんだかささくれだっているのだ。

（なにこれ……？）

こんな損傷の仕方は、彼女の能力ではこれまで見たことのないものだった。

手を伸ばして、かるく指先で触れた。

すると焦げている黒ずんだ煤《すす》が、まるで乾いた泥のように、ばりっ、と剥がれ落ちた。

その下からは、まったく無傷の顔が姿を見せる。

にやり、と笑っていて——

「——？！」

慌てて飛び退《の》こうとしたときには遅かった。

すっ、と鼻先を手がかすめた、と思ったときにはその指先に何かが引っかかっていた。

彼女の身体から黒いものが出ていて、それが引っかけられている——ずるっ、とまるでティッシュペーパーを箱から出すようにその靄《もや》みたいなモノは彼女の中から引きずりだされた。

途端に全身からいきなり、力という力がすべて抜けて行ってしまって、戦闘用合成人間のミセス・ロビンソンはあっさりと敵の前に崩れ落ちた。

（——な、なんで——）

彼女はもはや、まばたきひとつできない。

その彼女の横で、黒こげになっていたはずの内村杜斗がゆっくりと身体を起こした。

「〝フェイルセイフ〟――僕は自分のことをそう呼んでいる……その意味は」

顔をこっちに向けてきた。綺麗な――実に綺麗なさっぱりした顔をしている。

「そうですね……〝多重安全装置〟とでも言ったところかな――」

全身の焦げた部分が、さながら治りきった軽い傷の瘡蓋《かさぶた》のようにばらばらと剝がれ落ちていく。本当に焦げているのは着ている服だけだ。肉体の方には完全に……傷ひとつない。

「油断大敵、ですねお母さん――娘のボーイフレンドを攻撃してしまったことで、どこか罪悪感があなたにはあった――それが不用意な接近を呼んだ。馬鹿だなあ、ほんとうの娘でもない相手の、その気持ちのことなんかいちいち気に掛けるから、そういうことになるんですよ――」

〝フェイルセイフ〟の指先には、今、千鶴から抜き取った黒いモノを引っかけていて、それをくるくるとキーホルダーのように回している。

（……なんで、こいつ……死なないんだ？）

訳が――わからなかった。何が起こったのだ……？

「ああ――お母さん。あなたが今、何を考えているのか、よくわかりますよ……よぉーく、ね」

フェイルセイフは言いながら、黒いモノを両手で挟み込み、まるで手を洗うようにそれを肌に擦り込んだ。それは吸収されて、すぐに見えなくなる。

「あなたは〝こいつ、なんで死なないんだ？〟と思っている……」

ニヤニヤ笑っている、その笑顔はまったくこの前の食事で朱巳にお追従《ついしょう》を言っていたときと同じ表情だった。

楽しくてたまらない、そういう顔をしている。

「その考え方は半分だけ間違っている。僕は死なないんじゃない。あなたの攻撃でちゃんと死んでいるんですよ。ただし——その〝死〟は僕のものではなく、他の奴から抜き取って、貯えておいた保険としての〝死〟ですがね」

（………？）

まったく理解できないことを、一方的に話されている。かまわず彼は続ける。

「そして、今あなたから抜き取ったのも同じもの——そう！　あなたの〝死〟ですよミセス・ロビンソン。そういう名前ですよね？」

フェイルセイフは動かぬ千鶴に指を突きつける。

「あなたは生命というのがどういうものか知っていますか？　生きているということがどういうことなのか、考えたことがありますか？」

まるで歌うような口調である。

「生きているというのは死んでいないということだが、しかしその〝死〟というのはいったい何か？　物質にかえること？　道端に転がっている石ころは、あれは死んでいるんですか？

生まれるときに生命を与えられて、それで僕らは生きているんですか——死んでいない、という形で？　はっ！　こんな考え方は本末転倒もいいところなんですよミセス・ロビンソン。我々は皆、生きているから生きているんじゃなくて——〝死〟というものをエネルギーとして活動しているのです。逆なんですよ。生きているというのは、死んでゆく途中なんです。死こそが前提条件であって、生などはその影響に過ぎないんです」

（死が……エネルギー……？）

何を言っているのか、根本的なところではまったく理解できなかったが、しかしはっきりとしているのはこの少年はそのエネルギーを自在に他から取り出して自分に移し替えることができる、そういう能力を持っているということだった。

（なんという——ことだ）

これが答えなのだ。

あの昏睡状態にある被害者たちは、こいつの言うところの〝死〟を抜き取られて、それであんな風に——〝死んでゆく途中でない状態〟になってしまったのだ——そして、ああ、なんということだ。その目的というのはつまるところ——

「そして、その〝死〟を他から継ぎ足している限り、どんな事態が僕を襲っても、僕は死ぬが——それは予備の〝死〟であって、僕そのものは決して死なない。死んでゆく途中がいつまでも続くということですよ」

心底、得意げに言う。

そうなのだ。こいつ〝フェイルセイフ〟はとんでもない能力を持っていて、生命の神秘、すなわち世界の真実すらその手に掴みうるかも知れぬという才能があって——考えていることはただの〝安全〟——ただそれだけなのだ。

なんということだ。

こんな奴のために、無数の生命が犠牲にされていくのだろうか？　こいつの果てにあるのは世界中すべての生き物から〝死〟を抜き取って自分のものにするだけという底無しの空虚しかない。

世界の危機そのものが、いとも平気な顔をして、彼女の部屋のリビングルームに立っていた。

「ところで——」

フェイルセイフは千鶴の傍《かたわ》らに腰を下ろした。

「あなたの属しているという組織——統和機構、ですか？　それについて知っていることをすべて教えてくれませんかね——」

囁いてきた。

「わかっていると思いますが、あなたの生命はまだ完全には停止していない——〝死〟をほんの少しだけ残しておいてある。永遠にそのままにしておくこともできるんですよ。わかりますか？　これは拷問なんですよ」

にこにこしながら言う。

「何も感じられないし、身体も動かないし、誰もあなたのことを〝生きている〟とは思わない――孤独な牢獄に閉じこめられたまま、ほったらかしにされて、それでも死ぬことだけはできない――それでもいいんですか？」

（――うう……）

戦慄《せんりつ》と恐怖に千鶴は震えたいが、身体はひたすらに重くどたりとしているだけだ。奥歯がガタガタとなっても不思議はないのに、ぴくりとも動かない。

だが心の中だけは、まだそのままなのだ。

（――ううう……！）

この状態で発見されれば、統和機構は彼女の〝死体〟を決して廃棄しないで徹底的に研究を続けるだろう。身体を切り開かれ、サンプルを取られ、いたるところをいじくり回されて、それでも彼女は反応できず、しかもそれでも死なない――いや、死んでゆく途中にならないのだ。

それはまさしく地獄の責め苦だろう。

「僕には統和機構とやらを、知っておかねばならない理由がある。いや戦うためじゃない。反対に味方につけるために、だ――」

淡々とフェイルセイフは続ける。

「統和機構がどんなにすごい組織で、強大な勢力だとしても、僕から見ればさほどの脅威ではない――しかし組織の力があれば〝あの連中〟に対抗することができる。僕をつけ狙っているはずの〝あの連中〟に、だ――」

彼はここで、初めて笑顔以外の表情を見せた。

(あの連中――って何だ?)

このとてつもない能力の持ち主が恐れるような、そんな〝組織〟が統和機構以外にも存在するというのだろうか?

もはや千鶴には、理解するどころかまったく想像もできない領域の話だった。

「だから僕は統和機構を支配しておかなくてはならないんですよ。教えてくれませんかね」

簡単に、とんでもないことを言う。

「あなたにこれだけのことを教えたということは、もうあなたを僕が助ける気がないということぐらいはわかりますよね? あなたの選択肢は二つしかない――秘密を告げて今すぐに楽になるか、それとも地獄を見続けるか――」

再び、笑顔が戻る。

「さて、どうします……?」

どうするもこうするもなく、言いなりになるしかない。だが自分はもはやそのことを告げることもできない――と思った瞬間、彼女の口は勝手に開いて、彼女の知っている限りのことをべらべらと機械的に喋っていた。

「……なるほどねえ。次なる世代の人類の監視者、か」

一通り訊いて、フェイルセイフは満足そうにうなずいた。

「まさに打ってつけ――〝あの女〟に対抗するのに、これほど向いているシステムはないな」

ひどくご満悦だ。ひとしきり「うんうん」と自分だけ納得している。するとそこで、ぷるる、という間抜けな音が響いた。さっき千鶴の攻撃で吹っ飛ばされていた〝内村杜斗〟の携帯電話が、床の上で鳴っていた。

ふふん、と千鶴に微笑みかけてから、彼は電話に出た。

「はい、内村です――ああ、九連内さん」

ウインクしてきた。動けぬ千鶴の、その心が、びくっ、とひきつる。

「――え？　いいえ、別にこれといって変わったことは――危険、ですか？」

足元に死体同然の人間を転がした状態で、フェイルセイフはへらへらした口調で話している。

「車が突っ込んできた？　危ないなあ。怪我はなかったんですか？　――ああ、そりゃ良かった。――いや、それなら僕がそっちに行きますよ、九連内さんの家に。――ええ、はい。それじゃあ気を付けて」

ぶつっ、と電話を切った。するとその直後すぐに、今度は九連内家の家の、さっきまで千鶴が出ていた電話に着信を示すランプがついた。だが受話器が外れたままなので、キャッチホンを作動させない限り回線はつながらない。

「あれま、話し中ですか」

フェイルセイフが手を出さない以上、その受話器を取る者は誰もいない。

しばらくランプが点滅していたが、やがてそれも切れた。

(——あ、朱巳……!)

彼女は悲鳴を上げたかった。絶叫して、娘になんとかして危機を伝えたかった。だが、それは永遠に叶《かな》わぬ願いだった。

「さて、と——」

フェイルセイフの手が、ふたたび彼女の前に近づいてきて、そして九連内千鶴の意識は闇の中に溶け込むように、消えた。

4.

「畜生! 何が起こっているのよ!」

凪がペダルをこぐロードレーサーの後ろに摑まりながら、朱巳はひたすらに毒づいていた。

いくらミセス・ロビンソンに連絡を入れても反応がない。この時間は自宅のマンションにいるはずなのだ。これは単なる習慣ではなく、任務上この時間帯に彼女はそこで待機していなければならないのである。それなのに三種類用意されている連絡用回線のどれを使ってもまったく応答がない。

「――おまえのお母さんと、オレたちと――〝敵〟は同時に襲った可能性はある……」

マンション目指して自転車を飛ばしながら、凪は呟いた。

「だ――大丈夫よ！　あ、あいつは強いんだから！　そうよ、むざむざやられるはずなんかないわよ！」

朱巳はややヒステリックに怒鳴った。

「連絡回線が切れてるだけで、向こうもこっちに連絡しようとしているのよきっと！　そうに違いないわよ！　絶対にそうよ！」

その声には、どうしようもない狼狽《ろうばい》がこもってしまっているのを凪は感じた。

「…………」

気持ちは――痛いほどよくわかる。

凪もまた、父親が死ぬときに似たような状態になったことがあるからだ。

ごくごく親しい者が目の前で冷たくなっていく――そして自分はそれをどうすることもできない――そのときの気持ちは、実感として理解できるのだった。

霧間凪はできる限りのスピードでマンションへ向かって走る。もはやこの冷静な少女は、事態を楽観的に捉えてはいなかったが――彼女の後ろにしがみついて小刻みに震えている少女の気持ちを考えると、一刻も速く向かわなくてはならない、と思っていた。

マンションの一階ホールにエレベーターが到着するまでの、ほんの数十秒すら朱巳は待ちきれないようだった。凪が注意しなければ、階段で上っていこうとするほどだった。そんなことをしたら逆に時間を食うのに、朱巳はひどく焦っていた。

「くそっ！ イラつくのよこのノロマ！」

エレベーターに乗り込んでからも、朱巳はまだ毒づいていた。

ちん、という間の抜けたチャイムと共に、ケージは目的の階に到着した。

朱巳と凪は、それでもさすがに飛び出したりはせずに、慎重に外に出た。マンションにはひとつの階につき四世帯が住めるようになっているが、この階には九連内家しか入居していないのだった。

朱巳は携帯している小型拳銃を抜いた。凪も、電気ショックを与える警棒《ロッド》を取り出して、かまえる。

辺りは静まり返っていて、一見何の異常もないようであるが、凪がすう、と息を吸い込んで呟いた。

「――爆煙の臭いがする」

言われても、朱巳は返事をしない。ただ黙って進むだけだ。

玄関の鍵は開いていた。

つい、と凪がロッドの先でつついてドアを押し開けると、朱巳が銃口を向けつつ中に何も待ちかまえてはいないことを確認してから侵入する。

物音はない。

だが玄関から短い廊下で直接つながっているリビングルームには、テーブルや家具類がひっくり返って、爆発の焦げあとが壁にくっきりと残っている。

ちっ、と朱巳の舌打ちする音がやけに大きく響いた。

その途端に、がたん、と大きな音を立ててベッドルームの方からなにかが飛び出してきた。

朱巳と凪は同時に振り向いて、そして朱巳の拳銃は一瞬でそいつのど真ん中に狙いを定めていたが、しかしその引き金は引かれなかった。

「——え？」

朱巳の表情が、何も考えていない空白になる。

その隙にそいつは、奇声を発しつつ彼女めがけて飛びかかってきて——

「——しばっ！」

「——でいっ！」

——その寸前で横から飛び込んできた凪が朱巳の身体を突き飛ばして、そいつにロッドを叩き込んでいた。

電撃に吹っ飛ばされたそいつは、すぐに立ち上がってまた物陰に飛び込んで、姿を隠した。

「——あ、ああ……？」

朱巳はへたりこんだまま、まだ茫然としている。

凪がそんな彼女に声をかける。

「しゃんとしろ！　まだ終わってないぞ！　今は距離があっただけで、動きは向こうの方が速い！」

「だ、だって——だって今の、今のって——」

あれはどう見ても人間で、しかも——

「九連内千鶴かも知れないが、今は敵だ！」

凪が怒鳴ったので、朱巳ははっと我に返った。

「——敵……」

操られている——そう、あのときのビーグル犬のように？

だとすれば……だとすれば本人の方は、その生命そのものは、もう——

「…………！」

朱巳はぶるぶると震えだした。

がたん、と物音が朱巳と凪の背後から聞こえた。

振り向いたときにはもう、接近されていた。

「――しばばばっ！」

ベッドルームに逃げたはずのそれが、ベランダの方から突撃してきたのだ。

「――ぐっ！」

凪が、ロッドで蹴りを受けとようとしたその姿勢のままで吹っ飛ばされた。

朱巳は拳銃を反射的にそれに向ける。

だが、やはり引き金を引けない。

「――う、うう……！」

「ちっ…！」

凪がロッドを投げつけると、そいつは避けてまたベッドルームに飛び込んだ。

立ち上がった凪は、朱巳の肩を掴んで言った。

「撃てないなら、貸せ」

「え……」

「あれはもう、おまえのお母さんじゃない」

凪の声はむしろ静かだ。

「わ、わかってる――わかってるわよ……」

反論する声は、しかし頼りなく震えている。

その間にも凪は油断なく、周囲を見回している。

「前もって、壁を破っている——このリビング以外の部屋はみんな移動が自由になっている。どこからでも襲ってくるぞ。これは完璧に——罠《わな》だ。はめられた……！」

といって、リビング以外の部屋では狭くて、攻撃をかわす場所がなくなる。ここで迎撃する以外にない。

あのときのビーグル犬は〝殺気〟に反応して襲いかかってきていたが、これはどうやらまったく、侵入してきたらそれだけで攻撃するように設定されているようだ。

——ということは、対応策は〝完全に撃破すること〟それしかない。

わかっている。

（うう——）

だが——

そんなことはわかっているのだ。

〝物わかりのいい子ね〟

（うううう——）

〝そりゃあ心配はするわよ〟

(ううううう……!)

〝アケミちゃんか。可愛い名前ね〟

——だが、なんで、わかりきっていることなのに、なんでこんなにも理解——納得したくないのか……!

「うああああああああああああああああああっ!」

朱巳は訳のわからない叫び声を上げて、拳銃をかまえつつベッドルームに飛び込んだ。

「ば、馬鹿! ——待て!」

凪の静止にも構わず、朱巳は狭いベッドルームの真ん中に立って、怒鳴った。

「あたしは!」

彼女は眼を血走らせながら、ベッドの端のシーツを摑んだ。

「あたしには——どうせ何にもないのよ!」

彼女が叫んでいる途中で、もうそいつは飛びかかってきている途中だった。

「——しばあっ!」

奇声が響く、もうそのときには朱巳はシーツを勢いよく引き剝がして、翻《ひるがえ》らせていた。

飛び込んできたそれは、さながら赤マントに向かっていってしまう闘牛のようにシーツに頭から突っ込んでいた。

——そして、それで終わりだった。

「——しばっ、しばばっ、ばばばしばっ——」

ばたばたと、シーツの中で暴れるだけで、もうそれ以上、何も攻撃しようとしない。のたうち回るだけで、シーツを払いのけることもせずに、ひたすらからみついてくる布の内側でもがくだけだ。

「——これは」

部屋に入ってきた凪も、この様子に息を呑む。

終わっている——のか？

絶体絶命としか思えなかった状況だったが、それがいともあっさりと片づいてしまったのか？

（この、女——）

凪は、いくばくかの戦慄《せんりつ》を込めて、その少女に目をやった。やはりただ者では——ない。

「……なんにでも、部屋にある動くものに反応するだけ——自分のまわりにからみついたシーツであろうが、なんだろうが、ね——」

朱巳はかすれ声で囁くように言った。

そう——ここは彼女の家なのだ。

どんな罠を張られていようとも、どこに何があるか、すべて知っている。相手の質がわかってしまえば、それに対抗するための物の場所だって、すぐに思いつく――

そうとも、あの世話焼きな女がいつだって真っ白な洗い立てのシーツを、その上で横になるのが好きな朱巳のために、ぴん、とベッドに被せてあることぐらい、当然知っていたのだ――

「……もしも、あんたに生前の能力が少しでもあったら、こんな初歩的な方法じゃあ絶対に倒せなかったろうに、ね――」

朱巳は、投げやりな口調で言って、そして銃をかまえた。

「――お、おい」

凪が声をかけようとした、そのときにはもう朱巳は引き金を引いていた。

シーツにくるまったそいつは反動で吹っ飛び、窓の外に転げ落ちていった。

遠くで、何かが潰れる不快な音が響いた。

凪が窓の外を見て、状況を確認して、振り向いたそこで、彼女の眉が寄る。

「………」

朱巳が、引き金を引いたそのままの姿勢で停まっていた。

そして、ぶつぶつと呟き続けている。

「――何もないのよ、何もないんだから、何もないから、何も失ってなんかいない――か、家族なんて、家族なんて最初からなかった、なかったんだからなにも――何もなくしてなんかいない……！」

血走った眼は、そこから何が、あとからあとから流れ落ち続けているのか、自分でもわかっていないようだった。

「…………」

凪は、その彼女の手から拳銃を取った。それでも彼女は動かずに、ひたすらぶつぶつと呟いているだけだった。

＊

（――ちっ）

物陰から事態をすべて監視していたフェイルセイフは、彼の予想に反したあっけない結末に舌打ちした。

だがすぐに気を取り直して、考え直す。

（やはり、あの二人はただ者ではない――ここはただ殺すよりも、利用した方が得策のようだな）

そして彼は、何喰わぬ顔をして、ゆっくりと身体を起こして歩き出す。

＊

場違いな、ピンポーン、という呑気な音が朱巳と凪のいる空間に響いてきた。

ドアチャイムだ。

そして、

「あのー、九連内さん……？」

という、さらに間の抜けた少年の声がした。凪には、それが危険だからという理由で朱巳が呼んでおいた内村杜斗の声だ、とすぐにわかった。

そうだ、危険はまだ終わっていないどころか、これから始まるのである。

「うわっ、なんですかこれは?!」

開けっ放しだった玄関から入ってきた内村は、部屋の惨状に声を上げた。そこには芝居じみたところがまったくない。

「おい」

と何も知らぬ凪は彼に声をかけた。

「あれ、霧間さん？」

「内村、あんたは――」

「一緒に逃げるしかないわよ」

凪の言葉の途中で、朱巳がいきなり口を挟んできた。

「え？」

「あたしに関わった者は、みんな殺されるしかない——それが嫌なら内村くん、あたしと逃げるしかあなたに道は残っていないわよ」

「どういうことですか？」

内村は眼をぱちぱちとしばたいている。

「お、おい——」

凪は声をかけようとしたが、朱巳の眼の色を見てそれ以上の言葉に詰まった。

それは沈没しかけた船の乗組員が、一隻《いっせき》だけ残った救命ボートを見つけたときのような必死さの漂っている、そんな眼をしていたのである。

第四章　炎の魔女

『それはまるで燃え上がる炎のように、美しく、恐ろしく、そして――』

――霧間誠一〈ヴァーミリオン・キル〉

1.

九連内千鶴の死はガス爆発事故による転落事故ということに公式見解では発表された。ガス爆発によって急性一酸化中毒になってしまった被害者はこの時点でほぼ死亡し、干してあったシーツに倒れかかるようにして墜落——という見解だった。最初の司法解剖時には記されていたはずの弾痕のことは、なぜかいつのまにか記録から消されてしまっていた。

葬儀はどこか遠くの、彼女の実家の方で行われると発表されて、近所づきあいをしていた者たちはその参列の機会を失って、なにか中途半端な気持ちで放り出されることとなる。

だが、それはまだ数日後のことであり、現在の段階では、爆発音がして、普通の主婦のはずの人間が空からシーツにくるまって落ちて死んだというショッキングな事態だけが人々の前にはあり、近隣の空気にはなにかおぞましい緊張というか、張りつめたものが漂っていた。

「…………」

死体の発見現場には、何重ものロープが張られていて、現場検証の妨《さまた》げにならないようにされていた。それでもその周りには野次馬などがまだ群がっていた。

それを、遠くから二人の制服姿の少女が見つめている。

「………」

彼女たちは他の野次馬とは違って、興味津々という顔ではなく、なんだか妙に鋭い視線でその死体跡を示す白い線を見つめている。

「……では私は、あれを片づけてきます」

一人が、もう一人に囁いて、かすかな会釈をして離れていく。残った彼女はなおも白い線を見つめていた。

そこには、なんだか悲しげな表情があった。その悲しみは、単なる同情だとか哀れみだとかそういうのではなく、なんというか――〝身につまされる〟そういう感じだった。まるで自分もまた同じような最期《さいご》を遂げるのだと予感しているような――

「――」

やがて、彼女はそこから眼を逸らして、そしてきびすを返して歩き出した。

少し離れたところでは、九連内千鶴と仲のよかったマンション住人の婦人が、怒りを込めて興味本位の野次馬たちを睨みつけていた。

だが、その婦人の横をさっきの少女が通り過ぎていったとき、彼女は「おや」という顔になった。

その少女が、死体の発見現場を覗きに来るという悪趣味なことをしていながら、なんだか彼女がとても――

　このことを婦人は、この夜に帰宅した夫に言うのだが、その要領を得ない妻の言葉につい夫は、

「結局なんなんだよ？　その女の子はどんな娘だったんだい？」

　とイラついて訊ねた。これに彼女は少し首をかしげてからこう言った。

「なんていうか、その――さわやかな少女だったわ。奇妙な印象だけど――」

＊

「――ここか？」

　霧間凪は、住宅街の一画で電子手帳の画面に映し出されている地図から目を上げて、足を停めた。

　あれから、九連内朱巳はほんとうに内村杜斗を連れて、どこかに姿をくらましてしまった。内村は「家族なら、両親は一週間前から揃って外国に出張していて、一ヶ月は帰ってこないので――」とか言って、割と簡単に朱巳の言うままについていってしまった。

（外国なら、確かに巻き添えになる危険はあまりなさそうだが――しかし）

　凪は、どうも内村杜斗のことが気にかかる。何かが怪しい。そんな気がする。昏睡状態になっている生徒の何人かは去年、内村と同じか、隣のクラスの生徒だったことがあるのだ。

だから、学校の名簿に載っている内村の自宅までやってきたのである。

内村はかなり離れた場所から通ってきていた。学区ぎりぎりだ。内村家は杜斗が中学一年のときにここに引っ越してきている。こういう場合、近くにある他の学校に通うこともできるはずなのだが、内村は何故かそうしないで、わざわざ遠い学校の方に行っているのである。

（——だが本当に、ここ……なのか？）

凪は地図と、名簿の住所をあらためて見比べた。

家はある。

だがそこには表札がかかっておらず、しかも門にはチェーンが掛けられているのだ。

〝売り家〟

そういう札がぶら下がっている。

（……どういうことだ？）

凪がそうやって家を見上げていると、

「ちょっとあんた！」

という声がかけられた。凪が振り向くと、そこには老婆がいて彼女を睨みつけていた。

「そこは空き家だよ。なに覗きこんでんだい？」

近所のことに嘴《くちばし》を突っ込むタイプの老婆のようだ。町会委員なのかも知れない。見慣れぬ凪を見とがめたようだ。

「いや……この辺に内村さんて家があるはずなんだが」

その名を聞いて、老婆の顔が強張った。

「な、何の用だい？　べ、別にあたしゃ連中の行き先なんか知らないよ」

急に狼狽《ろうばい》し始めた。凪は眉を寄せる。

「行き先？　内村家はどこかに行ったのか？」

「あんた、借金取りかなにかかい？」

慌《あわ》てつつも、老婆は逆に訊いてきた。どうやら凪のことを完全に成人女性だと思っているようだ。無理もないが。

「それとも探偵とか。失踪《しっそう》した内村の奴らを捜してどうしようって言うんだい？」

（……〝失踪〟？）

凪はその言葉に、内心でひどく驚いたが、しかし外には出さずに、

「――知らないのか。今ではあの一家を見つけたら懸賞金が出るんだ」

と口から出任せを言った。

「え？　ほ、ホントかい？」

老婆の目の色が変わる。だがすぐに疑い深そうな顔をして、

「……でも、あの一家がいなくなったのはもう二年も前のことだよ。今さらそんなものがあるかい？」

「だから、膨《ふく》れ上がってるのさ。最初は十万円だったが、今では百万になっているんだよ」

「ひ、百万だって？」

「ああ、何か知ってたら情報料を出すが？」

「う、うーん……とは言っても、奴ら引っ越してきたと思ったら、すぐにいなくなっちまったからねえ——」

老婆は真剣に、必死で考え込みはじめた。

「たとえば、息子はどんな子供だった？」

「え？　ああ、そうだねえ——あの身体の大きな子だろう？　すごく太ってて、背なんか大人並みにでかかったよね」

「……他には？」

「うーん、そう言われてもねえ……」

老婆はうんうん呻《うな》って考え込んでいたが、やがて顔を上げると目を丸くした。

「……あれ？」

そのときにはもう、凪の姿はどこにもなかった。

（——太っていて、身体の大きな子）

（——二年前に、引っ越してきたばかりで失踪した一家）

どういうことだ？

凪は、その空き家の裏にまわって、その柵を軽い身のこなしで乗り越えて忍び込んだ。

鍵がかかっているが、凪は手持ちの道具で簡単に開けてしまうと、中に入る。

間違いなく空き家で、室内には何もない。すべての家具が持ち去られた後のようだ。

「——少なくとも、ここに人は住んでいないのは確実だな」

凪は呟いた。

彼女は、こういうがらんとした家を前にも見たことがある。他ならぬ、世帯主を失ったあとの霧間家である。

凪は、亡父の親友である榊原弦にひきとられることになっていたので、借家だった家からはすぐに引っ越すことになり、荷物が運び出された。

すべての荷物を積み終えて、家からいよいよ離れようというその直前の数分間、凪はひとりでその空《から》っぽの家の中をさまよった。

びっくりするくらいに、広かった。

たしかにそこは、父と過ごした思い出ある場所のはずなのだが、空っぽになってしまった家はもう、なにか別のものに変貌していた。そこは廃墟だった。決定的なことが過ぎ去ってしまったのだ、という事実を示しているだけの、そういう場所になっていて、そこはもはや馴染みの風景ですらなくなっていた。刺々《とげとげ》しく、よそよそしく、彼女に〝おまえはもうここにいるべき人間ではない〟ということを囁き続ける、ひどい寒気を感じる居心地の悪い空間だった。

彼女がそうやって、ぼーっ、としていると榊原弦がやってきて、どうした、と彼女に訊ねた。

凪はぽつりと言った。

「親父——ほんとうに死んだんだね」

それを、彼女はやっと実感したのだ。弦はその言葉に自分も凪と同じくらいに茫然とした調子で、

「——らしい、な」

と呟いた。

二人はどちらともなくきびすを返して、その廃墟をあとにした。その後で戻ったことは、今に至るもない。

——それと、ここは同じ風景だった。

二年前まで内村家であったこの場所は、もはやかつての住人が戻ってきても、迎え入れるどころか敵意を剝き出しにするだけだろう。

凪は慎重な足取りで、中を進む。

「——む」

リビングルームと思《おぼ》しきだだっ広い空間の隅っこに、紙切れが一枚落ちていた。何度も踏まれて、くしゃくしゃのぺしゃんこになっているそれを、凪は破らないように、慎重に開いてみ

た。

それは写真だった。家族旅行でもしたときに撮られたのだろう。三人の親子が仲良さそうに笑いながら、ピースサインなどを出していた。

みんな、同じようにころころと丸く肉付きが良く、よく似ていて三つ子みたいに見えた。それでも真ん中の者が子供だろうということはすぐにわかった。

「——確定した、な」

凪は押し殺した口調でひとり呟く。

はっきりしていることは、彼女はその写真の子供——本物の〝内村杜斗〟をこれまで一度も見たことがないということだった。同じ学校に通ったことなど、一度もないと断言できる。

では、あの〝内村杜斗〟は、すなわち——

凪が、もうこの場所に長居は無用とばかりに帰りかけた、そのときである。

がり、と何かが床をひっかくような音がした。

それもひとつではなく、周囲から無数に聞こえてくる。

がり、がりり、がりり——と音は完全に彼女を包囲している。

「…………」

凪は手にした写真に目を落とした。

(——〝スイッチ〟か……!)

戦場で、場違いなフランス人形などが転がっていて、それをつい手にしてしまった兵士は仕掛けられていた爆弾で木っ端微塵《こっぱみじん》になる、そういう物のことを俗にブービートラップという。

この空き家それ自体がその〝仕掛け〟だったのだ――

「――――」

凪がやや身を引きかけた、その瞬間にはもう四方八方から〝それ〟が一斉に彼女めがけて襲いかかってくるところだった。

それは一咬《ひとか》みで蛇をも喰いちぎってしまう牙と顎をもつ肉食獣――鼬《いたち》の群だった。

2.

その山は別に人里離れた深奥の地にあるというわけでもなく、新興住宅地がすぐ横にあって、下には地下鉄が通っているというような、ごくありふれた場所だった。

鉄柵に覆われていて〝社用地につき立入禁止。連絡は〈ムーンコミュニケーション・エンタープライゼス〉まで〟という立て札が立っている。上には鉄条網が張られている高い柵は、よじ登って入るのは梯子《はしご》などがあってもかなり骨が折れそうだ。それに入ったところで何もいいことはなさそうな、ただの野山である。

出入口は二箇所しかなく、そのどっちも鍵が掛けられていて、所有会社が管理している。

その山の中腹部あたりに、一見ただのプレハブ建築のような、簡素な外見の平屋が建っている。

九連内朱巳は、その場所に内村杜斗を連れてきた。

「……なんですか、ここは？」

「まあ、訓練所、ってところかな？」

朱巳は、前から持っている鍵で簡単に建物に入る。

「何の訓練ですか？　誰が？」

「いや、あたしは一度も使ったことないから、よくわからないよね」

「はあ……？」

中に入ると、簡素ながらも生活に必要な物はすべて完備されているようだった。ベッド、キッチン、トイレにシャワールームまである。それに医療設備と思しきものまで揃っていた。

その充実ぶりはちょっとしたもので、なんとなく〝シェルター〟とか〝前線基地〟のような趣があった。

「……誰がこんなところを作ったんですか？」

「作ったのは別に、そこら辺の建築業者よ。もっともそれを指示したのは統和機構だけど」

「トーワ……？」

内村の目がかすかにぎらと光るが、朱巳はそのとき彼の方を見ていなかった。

「ま、あんまし気にしない方がいいわね。それよりお腹空かない？　メニューはそこそこ揃ってるはずよ。レトルトばっかりだけど」

彼女は自分用にホワイトシチューを出して、内村にはカレーを渡した。

「ご飯は炊《た》くこともできるけど」

「い、いえ、そのパックの奴でいいです」

やがて支度もすんで、二人は向き合ってもそもそと食事を始めた。

しばらく無言だったが、やがて内村が、

「あの、九連内さん」

と話しかけた。

「なに？」

「九連内さんて……何者ですか？　何かの組織の一員、とか？」

びくびくした感じの言い方をした。

これに朱巳はやや苦笑気味に答える。

「――まあ、バレるわよね、そりゃ」

「なんか――すごいですね」

「そんなに大したモンじゃないけどね」

「どんなことをしているんですか？」

「バカなことよ」

朱巳は素っ気なく言った。

「なんつーか──〝打ち寄せる波に向かって、大砲撃ち込んでる〟っつーか。波を吹っ飛ばしていい気になってるけど、でもそれで次の波が消えるわけもないのに、ムキになってバカみて──……あーあ」

朱巳はぐったり、とスプーンを持ったままテーブルに突っ伏した。がちゃん、と押された皿が他の皿に当たって音を立てた。

「ねえ、内村くん」

「はい？」

「あなた、これまで傷ついたことある？」

「……は？」

「いや、前に言ってたじゃない。〝傷つかない人生が理想だ〟って。前に傷ついたことがあって、それであああいうことを言ったのかなあ、って思って」

朱巳は内村から目を逸らしながら訊く。そして急にかぶりを振って、

「いや──やっぱ別に答えなくて、いい。たぶん──聞いてもしようがない。そんな気がする」

「はあ」

「ねえ内村くん、あなた、あたしの綽名はどう思う？」

「〝傷物の赤〟ですか？」

「そう。それってどういう意味だと思う？」

「ええと──なんだか強そうですね」

間抜けな口調で言う。朱巳はそれを聞いて笑った。

「強そう、ねえ！　あたしって強いのかしら？」

「それはもう、かなり」

「か弱い乙女に言う科白じゃないわよ、ん？」

「す、すいません」

「あー……でも、そうね、強いのかも知れない」

朱巳はぼそりと言った。

「あたしは傷だらけだから──これ以上はもう、いくら傷が付いても大したことはない。その一撃があたしを殺さない限り──死ぬほどの一撃は、それはもう傷がつくというのは違うわよね？　死んだあとのヤツは、それはもう傷じゃなくてただの──なんていうんだろう、ええと──」

朱巳は内村の方を見ないで、ほとんど一人で喋っている。

「──裂《さ》け目？　罅《ひび》、とか？　まあそんなようなものよね。心の傷っていうのも、死んだらもうそれは傷でなく、ただ、他の人のつらい思い出に過ぎなくなる──よね？」

なんだか、その言葉はとても虚ろだ。

「あの、九連内さん……？」

「死んだらもう傷はつかない——でも、あたしは〝傷物の赤〟だから、たぶんそう簡単には死ねない——傷が、弱みのはずのそれが、逆にあたしを強くしてしまう——」

ぶつぶつ言っている。

「あの……？」

「あたしは嘘つきだ」

突然に、きっぱりと断言する。

「嘘をついてる。世界中を相手に嘘をついている。——だってしょうがないじゃない。世界の方だって、あたしにほんとうの真実とか絶対に正しいこととか、全然教えてくれなかったんだから、これはおあいこというものよ——ずっとそう思ってきた。だけど、やっぱり、嘘をつくのは、苦しくて、嫌な気持ちのするもので、でも、でもそれでも、それでもあたしはやっぱり嘘をつくしかなくて、嘘つきでしかなくて——」

少女はなんだか、お経を唱えているみたいなしゃべり方をしている。そして、

「あたしねえ、内村くんが好きだよ」

と、これまた唐突に言う。

「うん、きっと、すっごく好きなんだと思う。なんでだろう、って思うと、理由なんかないっ

て言いたいけど、でもきっと本当はすごく単純な理由があるんだと思う。それが何なのか、自分ではよくわからないけど……でも、それはたぶん、あたしの〝傷〟に関係しているの。あなたの存在は、あたしにとって治りきっていない傷みたいなものなのよ。それが治ってしまうと、きっともう、ほんとうに傷つくことがなくなってしまうような、そんな気がする存在。だから……」

彼女はすこし言葉に詰まり、そして続ける。

「人間というのは、本当は誰にも心なんかないんだと思うときがある——みんな、ただ身体の中の血という赤になんとなく〝ドキドキする〟とか〝寒々とした感じがする〟とか、そんな風な気にさせられているだけの、それは言うなれば〝心のない赤《ハートレス・レッド》〟とか、そんなようなものに過ぎなくて、だから、だからあたしは——」

言いかけた言葉は、途中で途切れる。

そして黙り込んでしまう。

(——ちっ)

そんな情緒不安定で支離滅裂な彼女に、もちろん内村杜斗の皮を被ったフェイルセイフは内心でひどく苛ついていた。

(この女——母親役の仲間を自分の手で殺したのがそんなショックだったのか。効果は抜群だったようだが、こんな有様では目的の、統和機構に潜り込むことができるかどうか怪しくなってきたぞ――)

この設備がその統和機構のものであるのは確かなようだが、何の目的で使われているのかよくわからないままだ。他の者とどうやって連絡を取るのかも不明である。

(しかし、どうやらこの山の所有会社に秘密があるのは確かなようだ。ＭＣＥとか書いてあったな――テレビのコマーシャルもやってる有名企業だ。それだけでもわかったのは収穫か)

そろそろこの内村杜斗としての身分も限界であるし、いいタイミングであるのは事実だった。

別れてきた霧間凪の方は――おそらく問題ないだろう。

今頃は、あの女は自らの優秀さのために、入らなくてもいい罠に飛び込んでしまっているはずだ――。

＊

彼女としては、自分のことをほんとうはそんなに変わり者だとは、実は感じていない。

正義を守るとか、悪を倒すとか、何がなんでもやり通すのだ、とも思っていない。

ただ、違和感があるだけだ。

そのままにしておくと、どうにも居心地が悪くて、胸の奥がたまらない気持ちになってくるような、そういうことが目の前にあるから、彼女としては決して主体的ではなく、ある意味で仕方なく、それをしているのだと思っている。

だから、ほとんど娯楽的な情報に接することのない彼女だが、たまに、何かの拍子に悩めるヒーローの等身大の姿を描いたと称する映画などを観ると（もちろんテレビのニュースの合間に、他の作業をしている横目で、だが）そのヒーローとやらが何を悩んでいるのか全然わからないで、むかむかした気持ちになることがある。

そんなに苦しいなら、ヒーローなど辞めてしまえばよいではないか、としか思えないのだ。守られる側に、自らを守ろうという意志がないのなら、ヒーローなどいてもいなくても関係ないだろう。それでもヒーローとやらが自分の仕事をしようと思うのは、つまるところ気になることがあって、それをしないと落ち着かないという、ただそれだけの気持ちが動機なんじゃないのか——彼女はそうとしか思えない。他の者との違いだの何だのは全部、少しは怠けたいという言い訳にしか聞こえない。怠けたいなら怠ければいいじゃないか。

（——きっと、オレは単純な性格なんだろう）

自分でもそう思う。

思えば、父親がややこしいことを考えすぎて、娘の自分はその逆に、あまり難しく考えなさすぎているような気もする。悩む前に行動する癖がついてしまっている。もっともこれは、彼女のもう一人の父親といってもよい先生が正にそういう人間で、仙人みたいでありながらどうにも人間くさくて何にでも首を突っ込む性格で、凪はその先生のことが大好きで尊敬していて、どこか人生のモデルにしていることも大いに関係しているが。

母親も〝思い立ったら即〟という衝動的な人間で、彼女としてはその母親にはいまひとつ馴染みにくいものを感じないでもないが、しかしそこはやはり、今の彼女の性格に大きく影響を与えていることは否定できないだろう。

それでも、それらだけが理由ではないだろう。

決定的なことは、他にあるような気もする。

いや、彼女はそれが何なのか知っている。

知っているが、しかしそのことを考えないようにしている。

それはほんの一瞬だけ、彼女の人生の前に現れただけのことだ。

大して話をしたわけでもない。

すべての悩みを解決してくれたわけでもない。

ただ、風のようにやってきて、そして彼女が手を伸ばそうとしたときには、それはもうどこにもなかった。

その印象は鮮烈で、類がないほどに格好良くて、しかし――

どうしようもなく、憎たらしかった。

だから当てつけに、あいつがしたようなことを、オレもしてやる――そう思っている自分が、心のどこかに必ずいるだろうということを、彼女は知っている。

だが、そのことは考えないようにしている。

考えたら、そのときはきっと、自分はなんというか——こみあげてきて、溢《あふ》れ出して、どうしようもないものに流されてしまうかも知れないという予感がある。

そのときに自分を支えてくれる者がいるだろうか？

いなければ、自分はきっと——そこでおしまいだ。

彼女になにか冷たい、凛《りん》としたものがあるのだとすれば、それは実のところここ
にしかないだろう。

自分は、すぐにでも崩れ落ちる存在に過ぎないのだ、という覚悟を常に胸に秘めている、ただそれだけが彼女を凛々《りり》しく、この世界に向かってたった一人で立っているようなイメージを人に抱かせるのだ。

いつでも、どこでも——彼女はぎりぎりのところに立っている。

それが当然の、そういう人生——

「——きききききききぃやぁあっ！」

——だから、フェイルセイフの仕掛けていた〝仕掛け〟である鼬の群が吼《ほ》えながら彼女めがけて一斉に襲ってきたときも、霧間凪はまったく動揺を顔に見せなかった。

「――――」

静かに、しかし確かに、落ち着いた動作で彼女はすばやく作業を完了する。

その直後、馳は、全部で二十四匹いたその鋭い牙と顎は凪の身体をしっかりと捉えて、噛みついた。

その瞬間、凪の周囲の空気が瞬間的に、じゅっ、と音を立てて焦げた。

彼女の目の前では火花が散った。

そして、噛みついてきていた馳は――一匹残らず彼女から吹っ飛ばされて、床の上に転がった。

「ぎ、ぎきっ」

「きぎぎぎぎぎっ――」

「ぎぎぎぎぎぎぎ、ぎきっ………」

床の上に転がった馳たちは、その生命が停止していて、いかなる攻撃も無力のはずの彼らは、その全部がまるで陸に揚げられた魚の如くびくんびくんと跳ね回って痙攣《けいれん》している。

痺れている。

生命があろうとなかろうと、筋肉組織が急激な電気衝撃で正常な機能を消し飛ばされてしまったのである。

ただの化学反応で、焼かれていくスルメが反り返っていくような、そういう動作を続けるだけて、もう何もしない。

「ぎぎぎぎぎぎぎききききき………」

目的のある動作をすることは、もはや完全に彼らから失われていた。

「………」

凪はそんな〝生きていない動物〟たちを悲しそうな目で見おろした。

「……あの駐車場に落ちていた血液は、犬のものだった――動物を使うのはわかっていたからな。防御策を用意するのは簡単だったよ」

凪の全身を包んでいるつなぎからは、ぶすぶすと煙が立っている。

彼女は、その衣服に瞬間的に高圧電流を流す仕掛けを前もって装備しておいたのである。

動物の攻撃の欠点は、咬みつきが主であるということだ。口の中に電流を叩き込まれれば、それは体内をくまなく駆けめぐって全身に衝撃を伝えてしまう。

相手がどんなに不意をつこうと、一斉に多数でかかってこようと、同時に来ることが予測できた時点で凪の勝利は確定していたのである。

「同じ手を二度も使うようでは、先が知れたな――」

凪は吐き捨てるように言うと、だんだん動かなくなっていく鼬の死体に害がないことをあらためて確認しながら、服に仕込んでいた電撃装置を外した。回路が焼き切れてしまうので一度きりしか使えないのだ。

そして彼女は、絶縁体でできている腰に下げたポーチから電子手帳を取り出して、正常に起動することを確かめて、キーを叩いた。

画面には地図が表示されて、その一点に丸いマークが浮かび上がる。

「——山の中か」

マークが示しているのは、九連内朱巳がフェイルセイフを連れていった問題の場所なのだった。

彼女は朱巳に、すでに発信器を仕込んでおいてあったのである。

3・

「……あたしは、どうしようもない嘘つきで——」

朱巳はすっかり冷めてしまったホワイトシチューを前に、まだぶつぶつ言っている。

フェイルセイフはそんな彼女を前に、強攻策に出て脅して締め上げて、情報を得るという方向を選択すべきかと考え始めていた。

「……そう言えば、九連内さん」

普通の少年である内村杜斗の、穏やかな声でフェイルセイフは朱巳に話しかけた。

「僕の両親の方は、外国に行っているから平気ですけど、あなたは？」

「……は？」

朱巳はぼんやりとした顔を向ける。

「いえ、お母さんに知らせなくていいんですか？」

これは〝内村杜斗〟が九連内千鶴がマンションから転落した現場にはおらず、騒ぎになるのもこの後のことなので少年がその死を知っているはずはない、という前提に立っての発言である。

「…………」

朱巳は答えずに、ぼんやりとした目でフェイルセイフを見つめ返す。

「さぞご心配じゃないんでしょうかね……部屋はメチャクチャになっているし、帰ってきたらきっとびっくりしますよ」

内心で、相手に残酷なダメージを与える甘美さをたっぷり味わいながらフェイルセイフは誠実そうに言った。

「…………」

朱巳は答えない。

ただ、その唇の端がかすかに震えている。

「どうしました？」

フェイルセイフは覗き込むように、そんな朱巳の張りつめて今にも切れそうな糸のような表情を見つめる。

「………あいつは」

朱巳のか細い声が、かすかに喉の奥から洩れる。

「あのひとは？　あのひとは、どうしたんですか？」

ねちっこく、しかし口調だけは決して悪意のないトーンを崩さずにフェイルセイフは朱巳の精神をなぶる。

「――あいつは……」

朱巳は、そのテーブルの上の指先が小刻みに震え出す。

目をフェイルセイフから逸らす。

「あいつなら――問題ないわよ」

「そうですか？」

「ええ。自分の仕事をしっかりと果たして、なんの問題もない――」

その声は、微妙に語尾が揺れていて、走ったあとの息切れのようでもあった。

「お仕事、ですか？」

彼は眉を寄せた。

「何かしていたんですか？」

「――まあ、色々と」

彼女の声はなんとか乱れを押さえているが、指先の方はますます震え出していく。

「どんなことですか？」

「――それは……」

朱巳は、弱々しい口調で喋りかけたが、その言葉は途中で途切れる。

「え？　なんですって？　なんて言いました？」

笑い出したくなる衝動をこらえながら、無邪気なふりをしてフェイルセイフはさらに問いかける。

「それ、は――」

朱巳が言いかけた、その直後だった。

二人の背後から、声が聞こえた。

「――〝おまえ〟と戦っていたんだよ！」

振り返った彼らの目に飛び込んできたのは、拳銃を構えた霧間凪の姿だった。

「――な」

フェイルセイフが席を立ちかけたところに、凪は容赦なく拳銃の引き金を引いた。その銃は、この前朱巳から取り上げたものだった。あのときは一発しか撃っていなかったから、残弾が充分あったのだ。

フェイルセイフは胸を撃ち抜かれて、もんどり打って倒れた。

凪は、すぐさま次の弾を撃とうと足を前に出す。

「――な、なんのつもりよ？」

朱巳が訊いた。これに凪はすばやく答えた。

「内村家には、三人分の白骨死体が床下にあった――本物の杜斗とその家族はすでに、何年も前に殺されていたんだ！」

言いながら、彼女は次の弾丸を撃ち込む。

だが、その一撃は敵が飛び跳ねてかわしたために外れた。

「――！」

朱巳の目の色が、さすがに変わる。

確かに致命的な一撃を受けたのに、平気で立ち上がってきたということは――

「不死身――そうらしいな」

凪はひるまずに、銃をかまえたままだ。焦って残る弾を浪費せずに、相手が接近してきたら確実に狙いをつけられる体勢を崩さない。

フェイルセイフは、やれやれ、と首を振った。

「――まさか、あの仕掛けから生き延びるとはね。計算が狂ったみたいだ」

その態度には、さっきまでのおどおどした少年のイメージなど欠片もない。

「それに、よくこの場所がわかったもんだね——柵はどうして乗り越えてきたんだ？　鉤爪付《かぎづめ》きロープでも投げて、よじ登ったのか？」

「そして、地面にはおまえたちの足跡が残っていたからな。跡を辿るのは簡単だったよ」

「忍者みたいな女だな——まったく」

フェイルセイフは忌々しげに、顔をゆがめた。

「内村くん……？」

朱巳は茫然とした顔をしている。

フェイルセイフは、胸元にあいた傷口に指を突っ込んで、そこから弾丸を自らえぐり取った。

からん、と弾丸は音を立てて床に落ちる。

「いや、もう〝内村杜斗〟ではない。その名で名乗る必要はなくなったようだ」

「……内村くん」

よろける朱巳を、凪が少し乱暴に、ぐい、と後ろに押しやった。

「だから、そうじゃないとこいつ自身が言っている……！」

彼女はフェイルセイフを睨みつけている。

「…………」

朱巳は絶句して、部屋の隅にへたりこむ。

「——ふふん」

フェイルセイフは、凪の視線を受けとめながら鼻を鳴らした。

「それで？　霧間凪、おまえは僕の正体を掴んで、それでどうするって言うんだい？」

この問いかけに、凪は即答した。

「倒す」

簡潔な言い切りに、フェイルセイフは高笑いした。

「勇ましいことだが——おまえには〝身の程を知る〟という美徳がまったく備わっていないようだな？　だいたい——」

相手が喋っている途中で、凪はいきなり発砲した。

フェイルセイフは再びもんどり打って倒れる。

しかしまたすぐに、余裕たっぷりにゆっくりと起きあがる。

「——無駄だということが、どうしてわからないんだろうね……」

と言いかけているところに、また凪は一発撃ち込んだ。今度は頭に命中した。

またまたフェイルセイフは吹っ飛ばされる。

今度は、がばっ、と跳ね起きた。

乱暴に首を揺すぶって、めりこんだ銃弾をはじき飛ばす。

「無駄だと言っているだろうが！　物わかりの悪い女だな！　無駄なんだよ！」

大声を張り上げた。傷はみるみる治っていくが、どうやら苦痛はちゃんと感じているらしい。

「無駄無駄――か」

対する凪の方は、その眼光には恐怖も萎縮も何もない。

ただ鋭く、相手を貫くように見据えるのみだ。

「無駄なのは、十回目ぐらいまでじゃあないのか?」

彼女は静かに言った。

ぴくっ、とフェイルセイフのこめかみがひきつる。

「……なに?」

「おまえはどうやら、よそから生命を持ってきて〝ストック〟している――だがその予備が尽きるまで、ひたすらにおまえを殺し続ければ、いずれはほんとうの〝おまえの死〟に辿り着くんじゃあないのか――?」

凪は、銃の狙いを逸らさない。

「違うかい、不死身さん……?」

「……!」

フェイルセイフの顔色が変わる。

そこには、もはや余裕たっぷりの色はない。

凪は本気だというのが、この男にもわかったからだ。彼女の眼には〝やるといったらやる〟

凄みがあった。

「……くっ!」

本気でかからなければやられる……!

それは確実だった。彼女に見抜かれた通りに、ストックできる〝死〟は十三までが限界で、それ以上はどうしても保てないのだ。

十四回目の〝死〟は、途中で補給できない限り彼自身のものになってしまう……!

横っ跳びに飛んで、物陰に隠れようとしたが、その瞬間にまた撃たれた。

はじき飛んで、備え付けのキッチンに頭から突っ込む。

だがそれは計算づくだった。

そこに置いてあった包丁を掴んで、転倒しながら凪に投げつけた。

凪はすばやく避けた。

しかし、その間にフェイルセイフは立ち直っている。

壁を蹴って、ほとんど垂直に凪に突撃する。

指先が少しでも彼女に身体に引っかかれば、その身から〝死〟を引き剥がして生命を停めることができる——そう、九連内千鶴のように。

「——っ!」

凪は引き金を引いた。だがそれを最後にオートマティックの拳銃の遊底が下がったまま元に戻らなくなる。

弾丸が切れたのだ。

ただでさえ、朱巳が前に使っていた拳銃の使い回しなのだ。もともと残弾は決して多くなかったのである。

とっさだったので、その最後の弾は外れて、凪はフェイルセイフの攻撃を転がってかわすしかない。

「どうかしたのかな、霧間凪——ええ?」

体勢を直し、振り返ったフェイルセイフはニヤニヤ笑っている。

「頼みの綱は切れたようだな——これで終わりだ!」

フェイルセイフは床を蹴って、凪めがけて突撃した。

だが、凪の反応は敵よりも速かった。

まるで西部劇の早撃ちや、時代劇の居合い抜きのような素早さで、彼女の手が拳銃を捨てて腰に伸びたかと思うと、もうそのときにはフェイルセイフの身体が弾き返されて、全身からスパークを放ちながら反対側に吹っ飛んでいた。

「——なっ?!」

全身黒こげになって、それでもフェイルセイフは立ち上がる。

「な、何だ今のは……?!」

凪の手には、一本の棒のようなものが握られていた。

ジジジ……という音がそれからは聞こえてくる。

「高圧電撃を喰らわすスタンロッドだ——安全装置を外した違法改造品だから、アフリカ象の心臓だって一発で停められる。生物を殺す以外に使い道のない道具だよ」

凪は、涼しい顔をしてとんでもないことを言い放つ。

「おまえはおそらく、オレの身体に少しでも触れれば殺せるんだろうが——それはこっちも同じだ」

「………………！」

フェイルセイフの奥歯が、激しい怒りでぎりぎりと軋《きし》んだ。

「ふ、ふざけやがって……！」

こいつは、自分がまだ、それでも圧倒的に不利にいるということがわかっていないのか？

確かに高圧電撃は脅威ではあるが、わかっていれば喰らっても、なおも摑みかかっていくこともできるはずだ。〝死〟を二つぐらい使ってしまうかも知れないが、それでも突き破って無理矢理に突破することは、決して不可能ではないだろう。

こいつの負けは、どっちにしろ決まっているも同然なのだ。向こうは一度でも攻撃を受けたらおしまいなのだから。

それなのに、何故こいつは、全然この自分に対して、あんな〝自分に臆するところ一つたりとて無し〟というような、あんな眼をして睨みつけてきやがるのか……！

「——ナメんじゃねえ！　おまえみたいなクソ女ごときに、この俺が負けるはずがないだろうが！」

「そうかい」

凪は冷静に言葉を返すと、もう一本のロッドを取り出して二刀流になる。

「ぬぐぐっ……！」

「…………」

両者は、一方は激昂《げっこう》して、一方は極めて静かな表情で、対峙して互いの一瞬の隙を狙っていた。

だが、そのとき室内を連続する悲鳴のような破裂音が貫いた。

軽機関銃《サブマシンガン》の発射音だ。

その弾は、フェイルセイフと凪の間に着弾して、壁に無数の穴を開ける。

「——！」

両者が発射された方向を向くと、そこにはこの施設に備え付けらしき武器を構えた九連内朱巳が、へっぴり腰で銃口を二人の中間付近に向けて立っていた。

「——九連内、おまえ……」

凪が声をかけようとしたところで、朱巳はヒステリックに怒鳴った。

「——あ、あたしには！」

彼女の支えている銃口はぶるぶると震えていて、引き金に掛かっている指先も半ば痙攣しているような状態で、実に危なっかしかった。

「あたしには——何がなんだかわからないわよ！ 一体全体なんなのよこれは！」

「落ち着け！」

凪が強い声で叱咤《しった》しても、彼女の態度は変わらない。

「なんだっていうのよ！ なんでこんなことになるのよ！ あたしのせい？ あたしが悪いっていうの？ あたしはどう転んでも、結局どうしようもない星の下に生まれついたっていうわけ？ なんなのよそれは！」

やけくそになって、喚《わめ》き散らしている。

「あたしは、あたしなりに真剣だったわ！ 真面目にやっているつもりだった。それなのに何もかもが滅茶苦茶にしかならない、これっていったい何なのよ?!」

この朱巳の狂乱に、フェイルセイフが静かに言った。

「そりゃあ九連内さん、あなたがバカだということですよ」

せせら笑う、あの口調に戻っていた。

朱巳は彼の方を向く。

「九連内さん——人間なんてものは本質的に誰かを出し抜いて生きていくようにできているんですよ。好きだとか、頼りにしてるとか、そんな間抜けな言葉は、未熟な才能のないヤツの言い訳に過ぎないんです。あなたはグズでノロマでバカだ——ただそれだけのことだったんですよ。そう……あなたの親しい人、僕に殺された九連内千鶴のようにね……！」

この悪口雑言に、朱巳でなく凪の方が怒りを見せた。

「——貴様……！」

だがこの凪に対して、朱巳の方は脱力した表情になる。

「……あたしに優しくしてくれたのも、全部嘘だったの？」

ぼんやりとした口調で訊ねる。

「決まってんでしょう？」

「なんでそんなことをしたの？」

「色々と役に立つかと思って、ね——でも、忘れちゃいけませんね九連内さん——先に声をかけてきたのはあなたの方ですよ」

「………」

朱巳は口を閉ざす。

「寂しかったんですかね？　あのときのあなたは、まるで釣り針の餌に食いついてくる魚みたいに簡単に引っかかりましたよね……？」

ねちっこく、からみつくような話し方だった。

「あなた、いま言いましたよね〝あたしのせい？〟って。まさにその通りですよ——あなたが全部悪いんです。なにもかもがみぃーんな、おまえが悪いんだよ、九連内朱巳……！」

それは氷柱で胸を貫き通すような、容赦のない冷たい言葉の一撃だった。

「——」

朱巳は茫然としている。そして凪が怒鳴る。

「黙れ！」

「本当のことだろう？」

嘲笑しながら、フェイルセイフは首を振る動作をしながら、こっそりと室内を観察した。

心の中で、にやり、と笑う。

「九連内朱巳が僕に個人的に親しくしようとしなければ、僕としてもそいつを利用しようとはしなかったに違いない。九連内千鶴を殺すこともなかった。何もかもが平穏無事に過ぎていったはずです」

「……おまえが他の人間の生命を奪い続けて、か？　そんなものは平穏でも何でもない！」

凪はすかさず言い返す。

「あたし——」

朱巳がぼそり、と言った。

「あたしさぁ、内村くんのことが好きだったよ……本当に好きだった」

そのトーンは、これまでの会話とまったく噛《か》み合っていない。

「あたしは、自分には心なんかないんじゃないか、ってずっと思ってて、それがとても怖かった……でも内村くんのことを考えていたときは、自分にも温かいものがあるなって、すごく嬉しかった……ほんとうに嬉しかったのよ」

目の焦点がぼんやりと、どこにも合っていない顔をしている。

「……九連内？」

凪が心配げに訊いても、彼女は答えない。

「でも結局あたしは、どうしようもなく〝傷物の赤〟でしかないのかもね……心に一度ついてしまった傷は、どうしても消えなくて、もう綺麗なものになることはできなくて、同じことを繰り返すしかなくて――」

ぶつぶつ言っているだけだ。そして突然に、

「――どうしてこんなにうまく行かないのよ！」

と叫んで、彼女は手にした火器を四方八方めがけて乱射した。

壁に穴が空き、料理が皿もろとも粉微塵《こなみじん》になり、テーブルが砕けて破片が舞い散る。

椅子の足はもぎ取れて、照明のランプは破裂し、途切れなく空間を引き裂く破壊音はまるで引き伸ばされた悲鳴のように、辺りをびりびりと震わせ続けた。

そして、すぐに弾が尽きた。

「…………」

朱巳は肩で息をしている。

既に、彼女の前にはフェイルセイフの姿はない。

朱巳が武器を持ちだした時点で、あの抜け目のない敵は、ここが霧間凪の執拗《しつよう》な攻撃から逃れる絶好のチャンスと、逃走ルートを確認していたのだ。窓から外に飛び出して、今や跡形もなく消えている。

「…………」

朱巳はまだ、やや放心状態の顔で室内の、崩れたテーブルの方を見る。

それが乱暴に持ち上がって、その物陰に身を隠していた凪が姿を現す。

「――――」

彼女は、髪の毛や身体の上にも積もった埃にはまるで構わずに、じろり、と朱巳を睨みつけた。

「……霧間、あたしは――」

朱巳が言いかけたその瞬間に、凪の平手打ちが飛んでいた。

朱巳は、頬にほとんどボクサーのフックを喰らったみたいな衝撃を受けて転倒した。

「――いい加減にしろ！」

凪が、その倒れた彼女を見おろしながら怒鳴りつけた。

「なにが〝星の下に生まれついた〟だ！　つらいことなんか誰にだってある！　自分だけが不幸だなんて——自惚《うぬぼ》れんじゃない！」

凪は、めったに見せない剝き出しの感情で、本気で怒っていた。

「〝自分なりに真剣にやっていた〟なんて恥ずかしげもなくよく言えたもんだな！　そんなことは当たり前だ！　何をやってもうまく行かないなんて、なんでもかんでもうまく行く方がおかしいんだ！　ほとんどのことは失敗の繰り返しで、それでもみんな、それを承知でやらなきゃならないことをやっているんだ！」

いつになく雄弁で、それはまるで、普段は寡黙《かもく》だった彼女の父親の霧間誠一が著作上では非常に多弁なのにそっくりだった。

「……」

朱巳は、そんな彼女をなかば啞然《あぜん》として見上げている。凪はなおも言葉を続ける。

「心についた傷は消えないとか言うくらいなら、そんな〝心〟なんかいらない！　一回ぐらいなくしただけで取り返しがつかなくなるものが人間の中心にあるなんて、そんな考え方をオレは絶対に認めない！　……なアにが〝傷物の赤〟だ！　そんなものはオレの怒りで焼き尽くしてやる！　そうとも、おまえがそうなら、それならば——オレは」

彼女はきっぱりと、生まれて初めてその名前を口にした。

「〝炎の魔女〟だ！」

そして彼女は茫然としている朱巳の襟首を摑んで、彼女を引っ張り上げた。

「——このままで、おまえを放り出したりはしないからな！　絶望だか苦悩だかなんだか知らないが、そんなものに逃げ込ませてやるものか！」

「………………」

朱巳は、無言で眼をぱちぱちとしばたくのが精一杯だった。凪はそのまま、

「ついてこい！　オレがあの敵を倒すところに付き合わせてやる！」

と言って、ほんとうに朱巳を引っ張るようにして、フェイルセイフが消えていった山の中に足を踏み出していった。

まるで躊躇《ためらい》というもののない、力強い足取りで——

第五章　黙示の影

『世界が神の定めで動いている歯車ならば、それは何者のために用意されているのだろうか？』

――霧間誠一〈ヴァーミリオン・キル〉

それほど昔の話、というわけでもない。

少女は優雅な姿勢で腰を下ろして、そいつの話を静かに聞いていた。

「あなたは優れている」

そいつは少女を礼賛した。

「素晴らしい力と意志を持ち、目的に向かって進むことにためらいがない——ですが、それ故にあなたの進む道にはいずれ、決定的な意味で〝敵〟が立ちはだかることでしょう」

少女は言われて、やや眉をひそめた。

「——〝敵〟ですか」

「そうです。これは間違いないでしょう」

「しかし——」

少女は微笑む。

「それを言うならば、私という存在そのものが既に、今の世界にとっての〝敵〟なのではないかしら？　前に立ちはだかるも何も、私にとって周りのすべては〝敵〟に等しい」

「ああ――いえ、そういう意味ではありません」

「？」

「あなたは考えたことがありませんか――自分は、ほんとうに〝ひとり〟なのか、と。あなたという存在が世界の必然――運命であるならば、他にも似たような能力を持つ者が現れているかも知れない、とはお思いになりませんか？」

そいつの言葉に、少女は「ふむ」とかすかにうなずいた。

「私と同じようでありながら、私とは異なる道を行く者――その出現こそが、私にとっては真の〝敵〟――そういうことかしら？」

「そうです。あなたは強い――しかしそこには限界があります。ひとりであるということは、他のすべてを自分の下に置かねばならないということ――それではあなたは〝敵〟と同じ立場にしか立てません」

そいつはやや熱っぽい言い方をした。

これに少女は、穏やかな笑みを返した。

「ねえ？」

「はい？」

「なにが言いたいのか、そろそろはっきり言ってもいいでしょう？」

ほとんどそれは、急に手伝いを始めて、後で小遣いをくれと言いだすに決まっている我が子を前にしたゆとりある母親のような口調である。言われたそいつはやや顔を赤らめながら言った。

「そ、それでは単刀直入に申し上げます。僕をあなたの〝盾〟にしていただけないでしょうか？」

「それは――私の前に立って〝敵〟から身を守ってくださる――ということかしら？　その代わりに〝能力〟が欲しい、と――」

「そうです。あなたの偉大なる〝仕事〟のための、僕はその安全装置《フェイルセイフ》になりたいのです」

「…………」

少女は静かに、そいつを見つめている。

「あなたの、そのお力を僕にお授けくだされば、必ずあなたのために尽くしてみせます。いかなる〝敵〟が現れても、僕はそいつからあなたをお守りします……！」

「…………」

少女は少しのあいだ、無言だ。

そいつのことを、すべてを見透かすような透き通った視線で見つめている。

「――あ、あの」

耐えきれなくなって、そいつが身じろぎしたそのとき、彼女はぽつりと言った。

「それではあなたは、私のために力を貸してくださる、とおっしゃるのね」

「は、はい！」

「どんなことでも、甘んじて受け入れますか？」

「もちろんです！」

「ほんとうに、どんなことでも……？」

「お任せください！」

「そうですか……」

少女は眼を、すうっ、と細めた。

「ではあなたには、この能力のある可能性を身を以て確かめる、という仕事をお願いしましょう。それは決して楽なことではないけれど――」

「どのようなことでも、進んでやりますとも！」

「…………」

少女はそいつを、一見無表情のような顔で見つめた。

その心の中で、彼女は呟く。

（――やはり、私は〝世界の敵〟のようね。今この世にあるものを、なにひとつとして信じてはいないのだから――）

ひとりで、誰にも聞こえぬ声で――。

1.

……その少女は、とある病院のロビーにひとり立っていた。

「――――」

彼女の態度はとても自然で、まわりで忙しく行き交う看護婦や病院職員の者たちは誰も彼女のことを見とがめようとしない。

そして彼女は歩き出して、やがてかなり重度の患者が入院しているフロアにまでやってきた。馴れた手つきで、来院者名簿に記入してから、彼女はその患者たちのいる部屋に入っていく。

そこに寝ているのは、意識もなく、反応もない、生命が停まっているとしか言い様のない症状の少年だ。

「………」

彼女はその患者を見おろしている。

その視線に哀れみも同情も嘲《あざけ》りも、冷たさも暖かさも何もない。ただ見ている、それだけである。

「――〝夢〟を見ているのね」

彼女は囁くように、物言わぬ少年に話しかける。

「自分は〝死〟に取り憑《つ》かれてはいないという夢を——でもね」

そして彼女は、ゆっくりと身体を曲げて、その少年の動かぬ唇に自らの唇を重ねた。

「——それはやはり〝夢〟よ」

すぐに身体を上げると、他の部屋にも行って、そこに寝ている少女にも同じことをする。

彼女のこの一連の〝作業〟は一分とかからずに完了した。


（——おや？）

いつもそれらの病室を監視している初老の医師は、出てきたその少女を見かけて眉を寄せた。

不審な人物が出入りしたら、必ず報告せよと上に命じられているので、神経質にそのチェックを行っているのだが、しかしその彼でもその少女が、以前にも来たことのある患者の友人の誰かだったか、それとも初めて来た者なのか判断できなかったのだ。来た人間の顔は全員覚えているから、そんなはずはないのだが、とにかくそのとき、彼にはその少女が〝なんなのか〟わからなかった。

自分でも訳のわからない感覚だったが、彼にはそのすぐ側にいる、どう見てもただの少女のはずの〝彼女〟が自分の理解力を超えている存在のような気がしたのだ。さながら広大な地平線を初めて見た人間のように、感覚を超えるものに何と反応していいかわからず、彼は虚を突かれて茫然とした。

「………」

するど、少女がこっちの方を向いて、そしてかすかにうなずきながら微笑んだ。

それは不思議な表情だった。

そこには特定の喜びとか、理由ある嬉しさとか、そういったものがまるでない、透き通って、ただただ〝笑う〟ということだけが純粋に実現している、こんなにも自然に笑うことができる者がこの世にいるのか、と思わせるような——そういう微笑みだった。

「………」

医師が茫然としている間にも、彼女は自然な物腰で歩いて、そして去っていってしまった。

医師はぼんやりとしたまま、彼女が書き残した来院者名簿のサインを見た。その眼が丸くなる。そこにはただ、

Strange Days

とだけ書かれていたのだ。

(奇妙な生活《ストレインジ・デイズ》？　なんのことだ……)

医師が考えようとしたそのとき、廊下の向こうから「うわひゃあ」という看護婦の悲鳴だか歓声だかわからない奇声が響いてきたので、びくっ、と彼は顔を上げた。

「だ、誰か来てください！　誰でもいいから！」

その看護婦はこけつまろびつ、廊下を駆けてきた。

「ど、どうした？」

医師が訊くと、彼女は信じられない、という顔をしながら叫んだ。

「か、患者さんたちの意識が——あの眠っていただけの患者さんたちがみんな、眼を醒《さ》ましているんです！」

「な、なんだって……？」

それは本当だった。

他の医師たちも大急ぎで駆けつけたが、確かに一人の例外もなく、患者たちはしっかりと覚《かく》醒《せい》していた。ただ、眠りについた頃の記憶はどうもあやふやらしい。

ただ、彼らには共通する症状があった。身体の方にはもはや何の異常も、苦痛もないはずなのに、彼らは全員——ぼろぼろと涙を流していたのである。

嬉しいのか、と訊いても首を振り、悲しいのか、と訊いてもわからないと言う。

「なんなのかわかりません——わかりませんけど、でも——まるで私は、なにかすごく素晴らしいものに〝見込み無し〟って見放されてしまったような——そんな気がしてならないんです——」

こうして、誰にも、いったい何が原因で、何が悪くて、どのような事態が進行していたのかすら把握できないままに、集団昏睡事件そのものはいともあっけなく終わった。

だが、この淡々とした結末のことを今、離れた地で戦っている事件の当事者たちはまだ知らない——。

＊

フェイルセイフは走っている。

山の中はもう真っ暗だ。空には満月の明かりが皓々《こうこう》としているが、少しでも物陰に入ると道どころか足元すらおぼつかない。

（——くそ、余計な手間をとられてしまったな）

霧間凪は殺し損ねるし、九連内朱巳には正体がバレるし、肝心の統和機構とのコンタクト方法も確実なものは摑んでいない。だがそれでも、あのままあそこにとどまっていたら、あるいはマシンガンの乱射で無駄な〝死〟を使ってしまう可能性があった。霧間凪と九連内朱巳が連携しての攻撃を受けていたら、あと八つしか残っていない〝死〟を使い切ってしまっていたかも知れない。ここは逃げるのが最上の策だ。

別に彼には、手痛い一撃を喰らったからと言って霧間凪に復讐心を残したりとか、そういうことは一切ない。

当然追ってくるだろうが、これを返り討ちにしようとか一切考えない。自分が確実な逃げられ方さえできれば、後はどうでもいいのだ。

とりあえずここは有名企業MCEに統和機構への鍵があることがわかっただけでも収穫だ。あとはなんとかしてその内部に食い込む。そうすれば何の問題もない――

（あれでは、九連内朱巳はもう精神的に再起不能だろうしな――）

フェイルセイフは、あの少女の取り乱しぶりを思い出して、走りながらニヤニヤ笑った。人が、その心の支えにしているものが崩れ落ちて絶望するときの顔を見るのは、彼にある数少ない好きなことの一つだった。

彼には、他にほとんど〝人生の喜び〟と呼べるようなものはない。

そんなものは、最初からなかったのだ。元から何の希望も持てぬ生まれであり、自分をいたわる何者とも出会うことのない成長を遂げて、そこから逃げ出して、そして――〝あの女〟と出会ったのだ。

（――しかし）

だが、そこからも結局逃げ出すしかなかった。彼女のやろうとしていることはあまりにも重すぎて、彼にはとてもついていけなかった。

だから能力だけいただいて姿をくらまし、罪のない（しかし妙に幸せそうでムカつく肥満児だった）内村杜斗とすり替わっての生活に入ったのだった。

彼はこれまで、他人に本当のことをまったく告げないで生きてきた。これからもそうするだろう。

ふと、思う。

（九連内朱巳は、ひょっとすると僕とどことなく似ていたのかも知れないな。嘘でも、なんとなく恋人の役をして、彼女の相手をしていても疲れなくてラクだったのはそのせいかな――まあ、そんなことはもう、どうでもいいことだが――）

そんなことを考えていたときに、それは起こった。

ちかっ、と視界の隅の方でなにかが光った。

「ん……？」

反射的にそっちの方を見る。

その途端に、背後から衝撃を受けて彼は吹っ飛ばされた。

一瞬、完全に心臓が止まるのを自覚する。すぐに次の〝死〟が補充されて生き返るものの、何が起こったのかまるでわからない。

（――なんだ？）

腰に、まるで銃弾で撃たれたような傷ができていた。撃たれたのか？　しかし、それにしては何かがおかしい――弾がない。貫通しているわけでもないのに、その傷の中には外に排出すべき何物もない。ただ血が流れ出ているのみだ。

と光が瞬《また》いた。また見てしまうが、その直後に左側から
(――どういうことだ……?)

と思ったときに、またちかちかっ、と光が瞬《また》いた。また見てしまうが、その直後に左側から
また一撃を喰らって吹っ飛ばされる。

かろうじて、今度は死なずにすんだが、やはり重傷だ。肩が弾けたように開いてしまってい
た。まるで散弾銃の直撃を喰らったようだ。

だが、やはり傷口にはなんの弾丸も残っていない――!

(な、なんだ、なんなんだこれは?!)

ごろごろ転がりながら、また視界の端っこで何かが光る。

まるでビリヤードの弾のように、彼の身体は見えない一撃に弾き飛ぶ。

(い――いったい? これは一体どういうことだ?! ――こ、この〝山〟っ!)

次々と飛んでくる攻撃の中で、彼は事態をやっと認識し始めた。

(この〝山〟――なんと言っていた? 九連内朱巳は俺を連れてきたこの〝山〟のことをなん
と言っていた――?)

そう、彼女は明言を避けた……だが、ぽつりとこんなことを言っていた……。

〝まあ、訓練所、ってところかな〟

訓練。

それは一体、何をどうする訓練だというのか？　こんなところにわざわざやってきてまで鍛えなければならないものというのは一体——

（ま、まさかここは——〝戦闘訓練所〟なのかっ?!）

見えない攻撃が、彼の身体を容赦なく貫いていく——。

＊

「——あのね、忠告するけど——」

霧間凪に腕を摑まれて、引きずるように歩かされている九連内朱巳がぼそりと呟いた。

「これ以上このコースを進むと、あたしたち二人とも死ぬわよ？」

「——何？」

凪が、そういわれて一瞬足を停める。

その隙をついて、朱巳は足元に転がっていた木の枝を一本、前に蹴り出した。

するとその枝は、空中で飛んできたなにかに打ち砕かれて、バラバラに砕け散った。

「——！」

凪の顔に、さすがに驚きの色が浮かんだ。

「——と、いうわけね」

朱巳が肩をすくめて見せた。

凪は彼女の腕を放して、足元に飛んできた砕けた木の枝の破片を取り上げた。

それは濡れていた。妙な臭いがするので、鼻先に近づけてみると、まるで血のような臭いがしたが、それはよくよく見れば——

「——樹液、か？」

凪ははっとなって、周りの木々を見回す。

「ま、まさか——この〝山〟それ自体が……」

「巨大な〝攻撃装置〟——動くものを感知して樹液をさながらレーザーのように高圧で発射する人造の樹が無数に植えられている……ただし、普段はその習性は眠っていて、ちょっとした電波信号で目覚めるようにプログラムされている。電波の種類によって、起きるヤツも変わるから色々な訓練コースができるというわけね。今回は……」

朱巳は冷たい眼をしながら言った。

「あたしが〝彼〟を連れて山に登ってきたコースが、そのまま死の道になるようにセットした……あのサブマシンガンを取りに行ったときに」

「——つまり、ここに連れてきたこと自体が既に〝罠〟か……？」

凪は背筋に冷たいものを感じながら押し殺した声で言った。

「最初から――わかっていたのか？」

「さっきの平手打ちは効いたわよ」

朱巳は苦笑した。だがすぐに無表情に戻り、

「あんたには犯人がすぐにはわからなかったろうけど、あたしはあのミセス・ロビンソンを知っている……あの女が、そんな簡単にみすみすやられるはずがない。――となれば虚を突かれたに違いない。ではその相手は？　知り合いだとして……どんな知り合いならば、あの女はついうっかりと遠慮してしまうのか……」

朱巳の声は機械的である。淡々と、事実だけを告げている。

「それは〝娘の恋人〟というのが一番あり得る線だった――だからもう、その時点でわかっていた。あの〝お母さん〟が答えをあたしに教えてくれていたのよ。彼女はその仕事を果たしていた」

「…………」

凪は絶句している。

ちかちかっ、と遠くで光が点滅した。

「あれはマーカーよ。罠が作動したところが光るようにしてある。〝彼〟はあそこにいるわ」

「――おまえ、ずっと……演技して？」

おずおずと凪が訊ねても、朱巳は返事をしなかった。

ただ、光が次々と点滅するその方向に眼を向けながら、彼女はぽつりと呟いた。

「だから言ったでしょう、内村くん――」

その眼には、何の光も浮かんでいない。

「――〝あたしは嘘つきだ〟って――人を騙《だま》すのは得意でも、騙される方は苦手だったみたいね……もっとも」

怒りも、憎しみも、悲しみも、切なさも、もう彼女には関係ないと言わんばかりに、なんの心もそこには見て取れない――そういう眼をしていた。

「この九連内朱巳に〝嘘つき〟でやり合うなんざぁ、端《はな》から負けてるよーなもんだけどね――」

2.

(く――くそっ！　なんということだ……！)

フェイルセイフは七つ目の〝死〟までを使ってしまっていた。

だんだんわかっては来ている――飛んでくるのは高圧で噴出する血のような液体だ。だがわかっていても避けることができないほどに、次から次へと発射されてくる……！

命中すると、凄まじい衝撃が全身をガタガタにし、心臓がどうしようもなく、停まってしまう。

肩にまた命中して、腕が吹っ飛んでしまう。

あわてて拾って、傷口をくっつけて元に戻すものの、これで首でも飛んでしまったら洒落にならない。頭部だけになって、残る〝死〟を消費するまで何度も死に続けなくてはならなくなる。そんなことに絶対に御免だった。

（こ、こんなところで——こんなところで終わってたまるものか！）

ボロボロになりながら、彼は必死でもがいて脱出口を探し求めた。

そして、少し開けたところに転がり出ると、攻撃が止んだ。

「——？」

はっ、と顔を上げる。

月明かりに照らし出されたそこに、一人の少女が立っていた。

それは後からこの地にやってきた、二人の少女の内の一人だった。この山にいる誰も知らないことだったが、九連内千鶴の死亡事故現場を観察していて、先に帰った方の少女その人である。

その彼女を見た、地面で這いつくばっている彼の顔がひきつる。

「——き、貴様は……」

顔面は、さらに蒼白になっている。

「……ほ、穂波《ほなみ》顕子《あきこ》！」

「やあ、安全装置《フェイルセイフ》——久しぶりね？」

穂波顕子と呼ばれた少女は、にこにこしながら彼を見おろしている。

この〝山〟を通ってやってきたはずなのに、彼女の身体には傷ひとつない。

「ずいぶんと——さっぱりした格好ね？」

ボロボロのズタズタになっている彼に蔑《さげす》みの視線を向けながら、穂波顕子はおかしそうに言った。

だが彼にはそんな彼女に怒る余裕はない。

「ど、どうして——ここに……？」

穂波顕子の顔から笑いが消えて、そしてとても冷たい、その底にあるものが姿を見せた。それは一言で言うならば〝非情〟とでも呼ぶしかないものだった。

「この程度の罠に——こんなにわかりやすい気配を放っている罠にかかってしまう程度の感性しかないくせに——」

彼女は、ひたひた、と足元から迫ってくるような視線を、上から彼に向けてくる。すなわち〝その眼〟を前にしては——身の置き所がない。

「その程度の才能しかないくせに、フェイルセイフ、おまえは——あのお方の下《もと》から逃げ出して、どこかに行けると——本当にそう思っていたのかしら？」

「う、うう……」

「まあ、意外に頑張ったことは認めてあげるわ。おまえの居場所を突きとめるのに多少手間取ったのは事実よ。おまえがあの九連内千鶴さんを、あんな目立つ形で殺さなかったら、ひょっとしたら見つけられなかったかも知れない——仮定では、ね」

穂波顕子はやや嘆息する振りをして、そしてにっこりと笑う。

「……でも現実はこうして見つけてしまったけど——ねえ？」

「う、ううう……」

フェイルセイフは動けない。そこに、鉄槌《てっつい》のような声が容赦なく振り下ろされる。

「おまえが裏切ることなど、あのお方にはとっくにわかっていたのよ。すべて計算済みのこと」

言われてびくっ、と彼の身体が強張る。

「な、なんだと？」

「だって、そのためにおまえに能力を授けていたんですもの——」

穂波顕子は平然と言い切る。

「ど——どういうことだ……？」

「あのお方はお考えになられた——〝この能力というのは、保身のためのものに過ぎないのではないか、そっちの方向にだけ能力を使うと、どのようなことになるか〟と——だから、それを試したというわけ」

「……？！」

「そうよ——最初からおまえは実験動物に過ぎなかったのよ、フェイルセイフ——おまえごときの薄汚い魂胆《こんたん》を、あのお方が見抜けないと、まさか本気でそう思っていたわけじゃないでしょうね？」

また、穂波顕子は笑った。

その笑いにはもはや、なんというか――哀れみすら混じりだしていた。

「――うう……」

「そして、その実験は終わった――おまえのしてきたことを見て、この能力はあんな風に使うべきでないとあのお方は確信された――おまえの役目は終わった。人生の意味もろともに、ね――だから」

ここで、穂波顕子の眼が、すうっ、と細くなった。

それはさながら、狙撃手がライフルスコープに目標を捉えたときのような――そういう決定的な眼差しだった。

「だから――おまえに貸していた〝能力〟を返してもらうわ」

一歩、前に踏み出してきた。

「――！」

彼はあわてて後ろに飛びすさった。だが腰が抜けていて、ばたばたとみっともないほどに少ししか動けない。

「ま、待って、待ってくれ！」

パニックの彼にかまわず、穂波顕子は、ここで奇妙な行動を取り始めた。

ポケットから一枚の千代紙を取り出して、それを細い指先で折り始めたのだ。

彼は必死で弁解する。

「ぼ、僕はまだあのお方のお役に立てる！　べ、別に裏切った訳じゃないんだ！　害になるようなことは何もしていないだろう？　もう少しだけ待ってくれ！」

だが、穂波顕子の動作は止まらない。

「もう〝待って〟いたのよ、ずうっとね――そして今――時は尽きたのよ」

その手には、かわいらしい紙飛行機が完成している。

そして、ひょい、とそれを彼めがけて飛ばした。

紙飛行機はひょろひょろと頼りなさげに飛んでいき、そして彼の胸元に、こつん、と当たった。

その瞬間、紙飛行機はさながら黒インクに浸したティッシュペーパーのように、一瞬で真っ黒に染まった。

そう――彼の中にあった〝なにか〟を染み込ませて、残らずすいあげてしまったのである。

「あ――」

あわててその紙飛行機を彼は摑もうとしたが、それは次の瞬間に空中で塵《ちり》となって消えていく。

跡形もなく、そんなものがあったとすら信じられないほどの完璧さで、この世から失せ去った。

「ああ——」

彼はがっくりと肩を落とした。

「ああ——ああ……」

穂波顕子は微笑みを浮かべながら言う。

「ご苦労だったわね——後は好きにするといいわ。——もっとも」

笑いつつも、そこにはやはりさっきの〝非情〟がどうしようもないほどに滲み出ている。

「おまえが殺してきた〝敵〟の仲間たちが、おまえをこの先も生かしておいてくれるならだけど、ね——」

「……あ……ああ……」

彼は返事もできずに、その場にへたりこんでいるだけで顔も上げられない。

「それじゃあね——さようならフェイルセイフ」

宣告とともに、少女の気配は闇の彼方に消えた。

＊

「——マーカーの点滅が消えたな」

凪は、山の麓《ふもと》付近に眼をこらしながら言った。

「逃げられたかも知れないぞ、これは――」

「いいえ」

これに朱巳は、妙にきっぱりとした口調で返事した。

「あいつは、もうどこにも行く道はない」

その断定ぶりに、凪は、

（――やはり、ムキになっているのか？）

とやや危惧《きぐ》したが、しかしそのことには触れずにただ、

「――とにかく、最後にマーカーが光った、あの場所に急ごう」

と言うだけにとどめた。

二人は山を、やや駆け足で下っていった。安全な道順は朱巳が知っているので、彼女が先導した。

その途中で凪は地面に時々、黒っぽい染みがあることに気がついた。

（これは――血か？）

確かに、敵にダメージを与えているのは間違いないようだった。何度か〝殺して〟いることも期待できる。

開けた場所に出たり、藪《やぶ》の中を突っ切ったりしながら、二人は目的の場所に向かった。

そして、とうとう問題の箇所に到着した。

「——まずいな」

凪は、すぐにそう呟いた。

そこには、麓まで通じる川が流れていたのだ。

「ここに飛び込まれたら、罠にかかることなく外に出られるぞ……！」

凪は焦り気味に周囲を見回したが、朱巳はやはり、まるで動じない表情のまま、川の流れを見つめるだけだ。

〝みんなおまえが悪いんだよ、九連内朱巳……！〟

彼の声を脳裏に甦《よみがえ》らせながら、彼女は心の中で囁く。

（——この世は地獄よね、違うかしら？　幸せに生きていくことを望むなら、他の者を蹴落とさなくてはならない——空から降りてくる救いの蜘蛛《くも》の糸を摑んでも、ちょっとしたミスだけで、それは上にいる者の気まぐれで簡単に切られてしまう——そんなにあたしたちが悪いことをしたのかしら？）

その顔にはなんの感情もない。

（きっと——その通りなんだわ。あたしは悪い。あなたも悪い。この世にいるあたしたちは皆、決定的に〝悪い〟のよ。地獄に堕ちて当然。そしてここが既にその地獄——だったら）

どっちにしろ、もうあの敵には逃げ道はないのだ。

この山から外に出たとして、朱巳は既に彼の特徴や性質を統和機構に報告済みである。そして、この山に入っても傷ひとつ負わない戦闘タイプの刺客たちが彼を追って、そして今度は油断することなく確実に消すだろう。朱巳が知っているヤツでも、自分を〝最強〟とか自惚れている単純バカが一人いるが——ヤツならば彼ごとき、一瞬で五十回は殺してしまうに違いない。逃げ道はもう、どこにもないのだ。

（——だったら、問題はたったひとつよ。たったひとつのシンプルな覚悟——〝地獄だってかまうものか〟——その覚悟を持っているかいないか。すべてはそこで決まる。そう、地獄の中でありもしない〝安全〟ばかりを求めるのではなく、ね——）

朱巳が数秒、そうやって川を見ている間に凪は地面に落ちている血痕の先を確認していた。

「ここから川に入ったみたいだ——しかし」

凪は辿ってきた地面を振り返る。

そこに残されている血はかなりの量だ。常人ならば既に致命傷と言ってもおかしくない。

「——ヤツはもう、ストックしている生命を使い切っているようだ。身体を治すことができていない——」

「追いましょう」

朱巳が静かに言い、凪はうなずいて、二人は川縁を下流に向かって移動していった。

3・

……どこで聞いたのかは、思い出せなかった。

地獄なんかない
恥辱《ちじょく》なんかない
地獄なんかない
古ぼけた悪夢の
地獄なんかない

……たしか、そんなような歌詞だった。そういう歌をどこかで確かに聞いた。聞いたのだろう。頭の中でその曲が鳴っているのだから、聞いたに違いない。自分には作曲の才能なんかないし。

地獄なんかない
恥辱なんかない

たしか、デヴィット・ボウイーじゃなかったっけ？　違ったかな？　まあ、どうでもいいか。

地獄なんかない
古ぼけた悪夢の

その曲を頭の中で聞きながら、彼は流されていく。川に飛び込んだところまでは覚えている。

そのまま流されているのだ。

水面に顔を出すのを、ギリギリまで我慢した。まだあの〝山〟からの攻撃がある危険性があったからだ。

地獄なんかない
地獄なんかない……

そして、とうとう限界にまで来て、彼は「ぶはっ！」と顔を出して大きく息を吸った。

攻撃はなかった。

振り向くと、後ろに山が聳《そび》えていた。

外に出れたのだ。相当出血しているらしく頭がふらふらするが、しかし出血そのものはもう停まっていた。なんとか助かったのだ。

「……や、や——」

これは正に……奇跡的なことだった。

敵の罠に何度もかかり、能力も奪われて、もはや何にも彼を支えるものなどないのに、彼はこうして生き延びたのだ。

「……や、やった……やったぞ……」

身体がぶるぶると震えてきた。

「……この野郎……ざあまみろ……！」

彼はばしゃばしゃと水面を叩いた。

「生き延びてやったぞ！　こん畜生！　は、はは、ははは、あはははははははははははははははは！」

高笑いした。なんだか世界中のすべてに対して笑っているような、そんな気がした。これからも彼には恐るべき苦難が待っているだろう。敵もやって来るだろう。

しかしそれらも、すべてこの強運が追い払ってくれるような、そんな気がした。ファンファーレが頭の中で鳴り響いているような気がした。

そして、はっ、と我に返る。

確かに――聞こえている。

音楽が、気のせいでなく――本当に聞こえている。それはもうボウイーではなく、とても派手で、高らかで、そのくせ――それは口笛なのだった。

ニュルンベルクのマイスタージンガー。

うろ覚えだがその曲は、確かそういう名前で――

「――！」

彼はあわてて振り向いた。

川底に突き刺してあるらしい一本の棒――その先端の、ほんの一点の上にその影は立っていた。

黒い筒のような帽子に、闇のようなマントを身に纏《まと》ったそれは、白い顔をしていて黒いルージュを引いていた。

マントは風に乗って、ふわふわと揺れている。

吹いていた口笛を停めて、そいつは静かに、男とも女とも断定できない中性的な声で話しかけてきた。

「やはり――狙い通りだったようだね」

蜃気楼《しんきろう》のような影は静かに言った。彼を見つめるその視線は、明らかに彼を狙っている者、そのものだった。

「…………」

彼はとっさに馬鹿なことを考えていた。地獄はないかも知れない——だが、死神の方はこうしてちゃんと現れるのだ——と。

死神は、その名をブギーポップという——

「九連内朱巳と霧間凪の二人は、君をこうして追いつめたわけだ。ぼくの仕事はささいな仕上げだけでいいらしい」

「あ——あんたは」

彼はブギーポップに問いかけた。

「あんたは——いったい何なんだ?」

「〝世界の敵〟をこの世から消し去る者だよ。そして——」

黒帽子は簡単な口調で言った。

「——君が、まさに〝それ〟というわけだね、今回は」

冗談みたいに軽薄な、それは紛れもなく死刑宣告だった。

「…………!」

そのあっさりとした態度と内容のギャップに彼は絶句したが、しかしすぐに〝黙っていてはいけない〟ということに気がついた。

「そ——そんなことはない! 違うんだ!」

この抗弁に、ブギーポップは素直に、

「ほう、何故だい？」

と訊き返してきた。

「お、俺にはもう、そういう危険なものは何もないんだよ！」

「危険なもの？　具体的にはなんのことだい」

「だから——人の〝死〟を奪うとか、そういう特殊な能力のことだよ！　俺はもう、そんなものは何もない、ただの一般人なんだ！」

「だから？」

「いや、だから俺はそんな、世界の敵とかそういう大層なものでは——」

言いかけた彼を無視して、ブギーポップは唐突に口を挟んできた。

「君には、能力も何もなく、もうこれ以上世界に何もすることはない——と、そう言いたいのかい？」

「そ、そうだよ！」

「それは〝嘘〟だよ」

「え……？」

「世界に対して、何もすることがない人間なんてこの世には存在していないのさ。君が、そういう〝何もしない〟君であることが、それ自体が既に世界に〝君〟という可能性をつくっているんだよ」

「……？　？　何を言っているんだ……？」

「問題なのは能力の有無なんかじゃない――そんなことは些細《ささい》なことだ。問題なのは、君という存在が〝そういう奴〟であるということ――それだけだ」

「――――」

「能力が消えた、と言ったね……あるいは、それこそが君にとって最後のチャンスだったかも知れない。だが結局、君は能力があろうとなかろうと……君でしかなかったようだ。君は自分が何なのか知っているかな」

「………」

「君は〝無為〟なんだよ。何のためでもない存在なんだ。君というものがいることが、他のものにも、そして君自身にすらなんの意味もない――能力の有無など、そのことに比べればどうでもいいことなんだ」

　ブギーポップは彼から視線を逸らさない。

　そのマントが風にゆらめく様子は、なんだかかげろうのようにも見える。

「君には敵が多いだろう。これまでも圧倒的なまでの危機に何度も直面してきただろう。だがその度に君は助かってきた。君に道はない、とか判断されて――だがそれは違う。君には道がないんじゃない。君は最初から〝道〟なんかいらないと自らそれを破壊しているんだ。そして……世界に君という可能性を広げていく。先に何も残さないで、ただただ雲散霧消していくだけの未来を――だから」

ブギーポップはここで、彼のことを哀れんでいるような、憎んでいるような、左右非対称の奇妙な表情を浮かべた。

「だから――君は〝世界の敵〟なんだよ」

「………」

彼は茫然としている。

何を言われているのか、まるで理解できないのだ。

だが、たったひとつだけわかっていることがある。

こいつは、確実に彼を殺す。それだけは確かなこととして実感できる。このままだとまずい。

なんとかして、こいつを説得しなければ……！

「ま、待ってくれ――〝世界の敵〟と言ったよな？」

「ああ」

ブギーポップはうなずく。

「な、なら――俺はそれに心当たりがある！」

必死の気迫で叫んだこの言葉に、はじめてブギーポップが反応らしい反応を見せた。

「――ほう？」

と首をかしげて見せたのだ。

「それは、どういうことなんだい？」

「——お、俺に〝能力〟を与えた奴がいるんだよ！　自分の目的のために俺を利用しやがった奴が！」

彼は意気込んで喋りだした。

「奴には〝人の死が視《み》える〟という力があるんだ！　生命が〝死〟というエネルギーによって動いているという発見をしたのも奴なんだ！　何もかも、奴こそが元凶なんだよ！」

これは、この嘘ばかりついてきた彼が、はじめて心の底から〝ほんとうのこと〟だけを言おうとしている状態だった。

そのことを知ってか知らずか、ブギーポップは静かに聞いていて、そして質問した。

「——それで、そのひとは何をしようとしているんだい？」

「奴はこの世を〝夢〟に閉じこめてしまおうとしている！　無駄に散っていくすべての〝死〟を集めて、世界を創りかえてしまおうとしているんだ！」

「ほんとうかい？」

「も、もちろんだよ！　この俺という証拠だってある！」

ゆらめく影は首を縦に振った。

「なるほど——説得力があるね」

　さらに意気込んで、彼は言葉を続ける。

「あんただって、今の俺みたいなカスを相手にするんじゃなくて、そういうデカイ敵と戦う方が本来の仕事なんだろう？」

「君にかまってる暇などない、と言いたいのかい」

　せせら笑うみたいな言われ方だったが、彼はそこで力いっぱい首肯した。

「そうだよ！　――だいたい、今の俺が世界の敵だって？　もしそうならば、何の能力もなく、何の目的もない奴がそういうものだったら、そんな奴はこの世界中にごろごろしてるじゃないか？　あんたが相手にしきれないくらいに、敵だらけで収拾がつかないんじゃないか？　そんな世界を守るためにあんたはいるのか？」

　この問いかけに、ブギーポップの表情に微妙な――だがはっきりとした翳《かげ》りが生まれる。

「そうだね――それはまさに、このぼくという泡のような存在が直面している絶対矛盾《パラドックス》に他ならないね」

　寂しそうにも、投げやりなようにも、あきらめているようにも、そして挑んでいるようにも聞こえる、それは奇妙な口調だった。

　そんな細かいことには気がつかず、彼はまくしたてる。

「そ、そうとも――あんたが〝世界の敵〟と戦うために存在しているというのならば、きっとあんたは――あいつと戦うためにこの世に生まれたに違いない！　それだけの大きさをあいつ

は持っているんだ！ 俺はあんたがその敵と戦うのを手伝える！」

両手を振り回しながら、彼は熱弁した。

「――――」

ブギーポップは無表情に戻る。しばし無言で、そしてうなずく。

「――君の言うことには、どうやら嘘はないらしい。ぼくにも、そういう予感みたいなものは確かにあった――世界の危機に反応するこのぼくを、どこかで決定的に存在させているその根元たる〝危機〟があると――あるいは君の今言った〝それ〟こそがそうなのかも知れない」

「そ、そうだろう？」

彼はどうやらうまく行きそうになってきたので、自然に顔がほころびはじめる。

「それで、その人の名前はなんと言うんだい」

ブギーポップが訊いてきた。彼はこれにやや、胸を張って答えた。

「奴の名は〝水乃星透子《みなほしすいと》〟という……！」

その名を口にすると――彼自身も自覚していないことだったが――その名を人に紹介すること、それ自体がこんな状況下であれ、妙に彼を誇らしい気持ちにさせていた。その名は、そういう存在なのだった。

彼の表情は晴れ晴れとしていた。これで重大な仕事を終えた、という顔をしていた。

「……わかった」

その彼の様子を見て、ブギーポップは確信したという調子で、肩をすくめた。

これで問題は片づいた、とでも言うように。

「そ、それじゃあ、俺は……？」

この手応えありげな反応に、彼は期待に胸躍らせながら訊いた。

だがこれにブギーポップは素っ気なく言う。

「いいや、駄目だね」

「――え」

なんだか黒帽子のその、かげろうのようにゆらめいていたシルエットが、さらにぼやけて空に溶け込んでいく。

「何故なら、君はもう死んでいるんだよ――よく思いだしてみたまえ。君が川に飛び込んだとき、ほんとうに君の出血はすぐに停まってしまうほどの軽い傷だったのかな？」

「え……」

「ぼくは君に、死ぬべき理由を教えに来たんだ。理由がなくては――君のその歪んだ〝死〟とやらが変な残り方をするだろうからな」

その姿だけでなく、周りのすべてもまたぼんやりとにじんできて――

「心おきなく〝世界の敵〟として消えるがいい……」

そして彼自身までもが、その存在がぼやけて、ゆらめいて――

＊

川を下ってきた霧間凪は、やがて予想通りのものを発見した。

「…………」

しばらく、そのままで観察する。

変化はない。

ゆらゆらと、水の流れに従って揺れているだけで、それ以外の動作はない。しかも俯《うつぶ》せになっているから、息があるならその状態でい続けることもできないはずだった。しかし、動かない。水面に立てられた一本の棒に引っかかって、半分沈んで、半分浮いた状態で、いつまでもそのままだった。

「…………」

凪は、それでも慎重に二分近く待って、その上で電撃ロッドの先を使ってそれに触れてみた。

ぐらり、と揺れた。その感触に間違いはなかった。

「…………」

ゆっくりとひっくり返してみる。

顔が表を向いた。

なんだか、ぽかん、とした間の抜けた顔をしている。苦悶の表情はそこにはなかった。

「——完全に、死んでいる」

彼女は確認してから、やっとそう言って、後ろを振り向いた。

凪の背後に立っていた朱巳は、彼女もまたその死体のように動かない。

「——」

無言で、じっ、と彼の成れの果てを見つめているだけだ。

凪は、そんな朱巳を見て、あることを思い出していた。詐欺師というのは、ほとんどの場合すべてのことで嘘をついているわけではないらしい。必ず、ほんとうのことも話に混ぜておくのだという。騙さなくてはならないその一点についてだけ嘘をつくが、後のことは真実の方が多いのだという。人間というのは、とことんまで偽りのことだけで通せるものではないということかも知れない。

そして、この朱巳の場合でも、さっきのあれはどこまでが演技だったのか。そしてそれ以外のことは——

「——おい」

朱巳が黙っているので、凪は声をかけた。

それに朱巳は返事をせず、ふう、とため息をついた。

そして腰をかがめて、彼の頬にそっと手を伸ばす。

凪は、なんとなく身を引いた。それにかまわず、朱巳は彼だけを見つめている。

「——バカだね、まったく……」

朱巳は疲れた口調で呟いた。

「あなたは結局、どっか中途半端だったのよ……」

さらさらと、その濡れた髪を撫でている。

彼女の眼には涙はない。

悲しげな表情もない。

どんな心も、外見からはないとしか見えない。

ただ、指先が時折、ぴく、と震えるのみだった。

「嘘をつくなら、さ——最後までつき通さなきゃ——そうでしょう？」

返事はない。あるはずがない。しかし彼女はそんなことにはかまわないで、しばらくの間そうやって彼のことをいじり続けた。

「途中でバレるようなのは、嘘としては二流……そんな失敗を、あたしはしないからね、ええ、するもんですか——」

恋人に、というよりも、兄弟に対して言っているような、そんな口調である。

「………」

凪は無言でその様子を見おろしている。

二人の少女の頭上では、白い月が蒼っぽい光を川の水面に投げかけて、きらきらと輝きを空間に向けて反射していた。

かくして事件は静かにその幕を下ろした。

4.

何事も起きない一週間が過ぎて、任務は正式に完了したと見なされた。昏睡状態から醒めた少年少女たちは学校に戻り、普段の生活を取り戻した。そして朱巳のところにはミセス・ロビンソンの跡を継いで彼女をサポートしたりする便利屋の合成人間がやってきたりして、もう次のことに事態は動き出していた。

「——残念だわ、ホントに」

涙ぐんだ眼で、その女子生徒は言った。

「一緒に卒業したかったわよね」

「寂しくなっちまうよな」

男子たちも一様にしょぼくれた顔をしている。

「みんな、ありがとう」

朱巳はそんなクラスメートたちに微笑んでみせた。彼女の腕に抱きついている女子が感極ま

ったように
「転校しても、私たちのこと忘れないでね！」

と言った。朱巳はこれに嫌な顔ひとつせずに、

「もちろんよ」

とうなずいた。

するとクラス中の者たちが一斉にぐしゅぐしゅ泣き始めた。

「がんばってね！」

「わたしたちも遠くからだけど、応援してるから！」

「ありがとう」

朱巳はみんなに渡された花束に顔を埋めながら、その蔭で笑いをこらえていた。

（——おいおい）

朱巳は心の中で苦笑した。

（いくらあたしが母親が死んで転校を余儀なくされた悲劇の少女だからって、こんなに大袈裟《おおげさ》に反応することはないだろう）

と思いつつも、一方ではやはり、なんとなく悪い気もしない。

転校するにあたって書類を整理した後の、昼休みを利用してクラスに顔を出しただけなのに、ものすごい壮行ぶりだ。

くすぐったいような気持ちである。でもここでは泣いたりして見せた方がいいのだろうな、とは思う。

そんなことを考えていた彼女に、クラスの隅でたったひとり席に着いたままの少女の姿が目に入る。

彼女だけは、この騒ぎに参加せずに頬杖などをついている。

言わずと知れた——霧間凪である。

（——ふふっ）

朱巳は、取り囲むみんなの輪から抜け出して、凪の方にやってきた。

二人は短さもここに極まれり、みたいな挨拶をした。そして、

「や」

「ああ」

「ありがとう」

朱巳は凪の目を見つめて、いきなり言った。

「はん？」

凪は眉をひそめた。

「どーゆー意味だ？」

訊かれたが、朱巳は答えない。

だが、礼を言わなくてはならないのだ。

あのとき——

あの〝敵〟を罠の待つ山に連れ込んだとき、その後で彼女は、自分が助かることは計算に入れていなかった。敵は彼女を殺して、しかる後に山を降りていくところでやられる——そういう目論見《もくろみ》だったのだ。それだけの策しかなかった。

だが、そこにこの少女は来た。

何の見返りもないのに、彼女のことを助けるために、我が身の絶対的な危険も省みずに駆けつけてきたのだ。

それがこの少女にとっては殊更に意識するまでもないことだったとしても、朱巳にとっては、そんなことがこの世にあるのか、と思ってしまうような、そういうことだったのである。

だから礼を言わなくてはならない。

だから、統和機構にもこいつのことを報告したりはしない——

(——そう、ね)

ふと朱巳は、こいつは何らかの運命に守られているのかも知れないな、と思った。自分はそのための道具の一つなのかも知れない、と。

だが、そう思っても、この我の強い意地っ張りの女は別に腹も立たなかった。

「あたし、転校することになったんだけど」

「知ってる」

「お別れに、何か言ってくれないかしら」

「あ？」

凪はすこし、わざとらしさに呆れたような顔をしたが、すぐに呟くように言った。

「お互い様だ」

これに朱巳は我慢できずに、つい大笑いしてしまった。

「あはははははははははははは！」

クラスの者たちは、この朱巳の開けっぴろげな態度にしばし茫然となる。

しかし朱巳はもう、そんな彼らにはかまわずに、凪に向かって陽気に別れを告げた。

「じゃあね〝炎の魔女〟！　――あんたもしっかりやんなさいよ！」

そして花束を持った彼女はきびすを返して、あっという間にその場から風のように去っていった。

「――――」

皆、茫然としている。

そして、やがて、おそるおそる彼らは凪の方を見る。

「――ほのおの、まじょ……？」

「炎の魔女……か」

なんだかわからない綽名である。しかし、それはなんだか、この霧間凪にとてつもなく似合っているような、そんな名前だった。彼らがこれから、凪のことを蔭でそう呼び続けることはほとんど疑いないことだった。

「——ちっ」

凪はかるく舌打ちした。

＊

学校の外に出てきた朱巳は、校舎の方を振り返る。

美術室の窓が開いていて、そこから辻希美が手を振ってくれていた。朱巳も振り返した。

「いい絵描きになんなさいよ」

特に届かせようとは思わない声で、朱巳は言った。辻の方も何か言っていたが、朱巳には聞こえなかった。

でも、かまわない。彼女はうなずいて、もう一度手を振って、そしてまた歩き出した。

校門の所には一台の車が停まっていて、一人の男が待っていた。例の、ミセス・ロビンソンの後釜《あとがま》だ。

「待たせたわね」

「いえいえ、もっとゆっくりでも良かったぐらいですよ」

男はにこにこしながら言った。身なりのいい、すっきりとしたシルエットのスーツを見事に着こなしていた。しかし靴や腕時計などが妙に派手である。それが似合っていた。

まるでお姫さまをお迎えに上がりました、みたいな態度で男は朱巳を車の助手席に導いた。

朱巳は素直にエスコートされる。

二人を乗せた車は学校から離れて、発進した。

朱巳はハンドルを握る彼に訊ねた。

「表の仕事はデザイナーだって？　ずいぶんと小洒落た仕事を偽装に使ってるのね」

「いやあ、私としてはどっちかっていうと、こっち、、、、の方こそ片手間なんですがね。これでもクリエイターのつもりですから」

しれっと言った。朱巳は笑った。嫌な感じはしなかった。

「気が合いそうね。あたしも仕事は嫌いな方だから」

二人は声を合わせて笑った。

「名前は――ええと〝スクイーズ〟だっけ。どういう意味？」

すると男は、前方を向いたまま、唇の端を吊り上げ気味にして、

「その名の意味を目の当たりにするときは、あなたの死ぬときですよ」

と言った。

こいつは、朱巳が裏切ったときの処理役でもあるのだった。

「ハードねえ」

朱巳の方も、そんなことは当然知っているのであっさりとうなずく。

ところがここでスクイーズがさらに言った。

「でも、そんなことには多分ならないでしょうね」

この妙な断定に、朱巳は眉を寄せた。

「……？　どうして」

「いや、なんていうか――」

スクイーズは少し困ったような顔をした。

「？　はっきりしないわね。言いなさいよ」

「たとえば、です――今回の事件だ」

スクイーズは言葉を探しながら、慎重に言った。

「あなたはかなりやばいところに行った――いくら〝敵〟かも知れないとはいえ、その時点ではっきりしていなかった者を統和機構の戦闘訓練施設に連れて行ったり、そもそも監視役の者が殺された直後は速やかに報告して、その後の指示を仰がなくてはならなかったのに、これも無視している。やりたい放題だ」

「反逆行為に罰則が適用されるかしら？」

朱巳はニヤニヤしながら言った。

「あんたはあたしを殺しに来たわけ？」

とんでもないことを簡単に言う。動揺も何もない。

「――あなたの資料は見ました。こういうことをするのは初めてではない。前にも何度も何度もやっている――でも、あなたはギリギリで、その度に許されている」

「運がいいのかしらねえ？」

朱巳はヘラヘラしているが、スクイーズはもう笑っていない。

「どうですかね――殺されていた方がマシなのかも知れませんよ」

何やら不思議なことを言い出した。朱巳はやや顔をしかめた。

「……何が言いたいのよ？」

「あなたは、そう――明らかにある立場にいる」

「立場？　何の？」

「あなたは〝中枢《アクシズ》〟に期待されているんですよ、レイン・オン・フライディ。おそらくあなたはそういう位置にいる――それは死ぬことよりも恐ろしいことかも知れない。あなたは、統和機構が握っているはずの世界の隠れたる真実にいずれ直面する、その要員に選ばれているのかも知れない――」

囁くようにスクイーズは言った。そして、あっ、と声を上げた。

「——ああ、また赤信号だ！　くそ、今日はよく引っかかるな！」

それまでの話など関係なく、唐突に毒づいた。話は終わり、と態度で言っていた。

「………」

朱巳は無表情だ。どうやら——運命に取り憑かれているのは、霧間凪だけではないようだった。

やがて彼女はかすかに頭を振り、そして、

「ハードね、まったく——」

と、ため息をつくと、それが合図だったように車は青信号で勢いよく、朱巳の知らぬ何処《いずこ》かに向かって発進した。

"HEARTLESS RED—THE UNUSUAL CONTACT OF VERMILON HURT & FIRE WITCH" closed.

"if rain falls on friday, it will falls on sunday"
（金曜日に雨が降るならば、日曜日もまた雨になるだろう）

——イギリスの古い諺より

あとがき——心と気持ちの問題

えーと、たとえば何か問題が起こったとする。それはやがて解決するのだが、その中でだいたいこういうことを言い出す奴がいる。「しかし、気持ちの問題はどうなるんだ」とかなんとか言って、せっかく解決したはずの問題を蒸し返すのである。あるいはそのことを逆手にとって、いつまでもぐしゃぐしゃ言い続けるとか。そのことに正当性がある場合（本当は解決してないとか）なら別だが、そうでない場合、そいつ以外の人間は「いったい何が問題なんだ」とそいつの「気持ち」とやらがさっぱり理解できない。「もう終わってるじゃないか」「そんなにゴネるならあのときにちゃんと言っとけばよかったのに」などなどである。そいつの「気持ち」というのは一体なんだろうか。実は別のことに原因があって、ただそのわかりやすい問題にかこつけて不満をぶちまけているだけなんじゃねーの？　などと勘ぐられたりして。そして、多分それは正しい。我が身を振り返ってもたいてい何かに怒鳴ったりしているときは、そのことには実はそんなに怒ってなくて、他のどうしようもないことへの怒りの代わりにしていることがほとんどだと後で冷静に考えるとわかる。ゲームが途中で詰まり「ざけんじゃねえ！」とか喚《わめ》いてリセットボタンを押すのは、実はゲームが憎いわけではないのだ。……たぶん。

「気持ち」というのは厄介《やっかい》なものである。仕事を進める上で何か障害が生じたときに「しかし気持ちというものがあるだろう」とか言われて、なんだかそれが正当な理由みたいにされると「じゃあこっちの気持ちはどうなるんだよ」とか逆ギレしたりしてしまう。その対立は結局、なんにもならない。不毛である。「気持ちをわかってくれよ」とか言われても、その前にこっちの気持ちを理解してもらわないことには向こうを理解しようって気も起きねーだろーが……などとますます感情的になって、話がまったく進まない。不毛である。大抵どっちかが「あなたの気持ちはとてもよくわかります」などと思ってもいないことを言ってなんとかするだけで問題はそのままなのである。実はこれはすごいスケールのデカイことを喩《たと》えて言っているのだが、同時にそこら辺の日常のことでもあるのだった。

人が何かをするとき、そこには必ずある種の「心」を残していくと思う。「これには心がこもっていないよ」とか言われるようなものでも、それは「どーでもいいよこんなの」という心が残っているのである。機械だけでされることに「これには心がない」とかいう人もいるが、あれにもその機械を作った人やらなにやらの「心」はちゃんと残っているのである。心のないことなど、人に関連したすべてには存在しないと思う。そして、その前提に基づけば、あることが素晴らしいことだけのように見えても、その途中にあった「心」にはあんまし気持ちのよくないこともあって、それが人をして「しかし、気持ちの問題が——」などと口走らせるのではないだろうか、とか思う。だが、その場合の問題というのはその「気持ち」にはやっぱりなくて、その大元になっている「心」の中にあるのではないかと思う。人の気持ちなんてものは移ろいやすく、別のことへの憤りを転嫁したりするようなアテにならないものである。自分で自分の気持ちすら把握することも難しい。でも、人から気持ちをなくすこともおそらくは絶対にできない。だったらその気持ちの積み重ねである「心」ぐらいはしっかりと把握しておかなくてはならないのではないか。自分にはどんな「心」があるのか、そしてそれは人とは違うもので、他の人にはどんな心があるのか、それを掴むことは決して不可能ではない、と思う。さまざまな問題を解決するには、実はそれしかないのかも知れない、と思うのだ。——しかしひるがえって我が身を見ると、やっぱり「俺の気持ちはどーしてくれるのか」とか喚いて問題ばかり起こしているよーな気もしてしまうのだが——うー。

(——気持ちってのは本当、厄介だよな……)
(ヒトなんだから、まあいいじゃん)

BGM "THE HEARTS FILTHY LESSON" [RUBBER MIX] bY DAVID BOWIE

◉上遠野浩平著作リスト

「ブギーポップは笑わない」（電撃文庫）
「ブギーポップ・リターンズ　VSイマジネーターPart1」（同）
「ブギーポップ・リターンズ　VSイマジネーターPart2」（同）
「ブギーポップ・イン・ザ・ミラー「パンドラ」」（同）
「ブギーポップ・オーバードライブ　歪曲王」（同）
「夜明けのブギーポップ」（同）
「ブギーポップ・ミッシング　ペパーミントの魔術師」（同）
「ブギーポップ・カウントダウン　エンブリオ浸蝕」（同）
「ブギーポップ・ウィキッド　エンブリオ炎生」（同）
「冥王と獣のダンス」（同）

本書に対するご意見、ご感想をお寄せください。

■

あて先

〒101-8305 東京都千代田区神田駿河台1-8 東京YWCA会館
メディアワークス電撃文庫編集部
「上遠野浩平先生」係
「緒方剛志先生」係

■

電撃文庫

ブギーポップ・パラドックス
ハートレス・レッド

上遠野浩平《かどのこうへい》

発行　二〇〇一年二月二十五日　初版発行

発行者　佐藤辰男
発行所　株式会社メディアワークス
〒一〇一-八三〇五 東京都千代田区神田駿河台一-八
東京YWCA会館
電話〇三-五二八一-五二〇七（編集）
発売元　株式会社角川書店
〒一〇二-八一七七 東京都千代田区富士見二-十三-三
電話〇三-三二三八-八六〇五（営業）
装丁者　荻窪裕司（META＋MANIERA）
印刷・製本　加藤製版印刷株式会社
落丁・乱丁本はお取り替えいたします。
定価はカバーに表示してあります。

ISBN4-8402-1736-X C0193

電撃文庫創刊に際して

文庫は、我が国にとどまらず、世界の書籍の流れのなかで〝小さな巨人〟としての地位を築いてきた。古今東西の名著を、廉価で手に入りやすい形で提供してきたからこそ、人は文庫を自分の師として、また青春の想い出として、語りついできたのである。

その源を、文化的にはドイツのレクラム文庫に求めるにせよ、規模の上でイギリスのペンギンブックスに求めるにせよ、いま文庫は知識人の層の多様化に従って、ますますその意義を大きくしていると言ってよい。

文庫出版の意味するものは、激動の現代のみならず将来にわたって、大きくなることはあっても、小さくなることはないだろう。

「電撃文庫」は、そのように多様化した対象に応え、歴史に耐えうる作品を収録するのはもちろん、新しい世紀を迎えるにあたって、既成の枠をこえる新鮮で強烈なアイ・オープナーたりたい。

その特異さ故に、この存在は、かつて文庫がはじめて出版世界に登場したときと、同じ戸惑いを読書人に与えるかもしれない。

しかし、<Changing Time, Changing Publishing>時代は変わって、出版も変わる。時を重ねるなかで、精神の糧として、心の一隅を占めるものとして、次なる文化の担い手の若者たちに確かな評価を得られると信じて、ここに「電撃文庫」を出版する。

1993年6月10日
角川歴彦

電撃文庫

ブギーポップは笑わない

上遠野浩平
イラスト／緒方剛志

ISBN4－8402－0804－2

第4回ゲーム小説大賞〈大賞〉受賞作。上遠野浩平が描く、一つの奇怪な事件と、五つの奇妙な物語。少女がブギーポップに変わる時、何かが起きる——。

か-7-1 0231

ブギーポップ・リターンズ VSイマジネーターPart1

上遠野浩平
イラスト／緒方剛志

ISBN4－8402－0943－X

第4回電撃ゲーム小説大賞〈大賞〉受賞の上遠野浩平が書き下ろす、スケールアップした受賞後第1作。人の心を惑わすイマジネーターとは一体何者なのか……。

か-7-2 0274

ブギーポップ・リターンズ VSイマジネーターPart2

上遠野浩平
イラスト／緒方剛志

ISBN4－8402－0944－8

緒方剛志の個性的なイラストが光る〝リターンズ〟のパート2。人知を超えた存在に翻弄される少年と少女。ブギーポップは彼らを救うのか、それとも……。

か-7-3 0275

ブギーポップ・イン・ザ・ミラー「パンドラ」

上遠野浩平
イラスト／緒方剛志

ISBN4－8402－1035－7

ブギーポップ・シリーズ感動の第3弾。未来を視ることが出来る6人の少年少女。彼らの予知にブギーポップが現れた時、運命の車輪は回りだした……。

か-7-4 0306

ブギーポップ・オーバードライブ 歪曲王

上遠野浩平
イラスト／緒方剛志

ISBN4－8402－1088－8

ブギーポップ・シリーズ待望の第4弾。ブギーポップと歪曲王、人の心に棲む者同士が繰り広げる、不思議な闘い。歪曲王の意外な正体とは——？

か-7-5 0321

電撃文庫

夜明けのブギーポップ
上遠野浩平
イラスト／緒方剛志

ISBN4－8402－1197－3

「電撃ｈｐ」の読者投票で第1位を獲得した、ブギーポップ・シリーズの第5弾。異形の視点から語られる、ささやかで不可思議な、ブギー誕生にまつわる物語。

か-7-6　0343

ブギーポップ・ミッシング ペパーミントの魔術師
上遠野浩平
イラスト／緒方剛志

ISBN4－8402－1250－3

軌川十助——アイスクリーム作りの天才。ペパーミント色の道化師。そして〝失敗作〟。ブギーポップが〝見逃した《ミッシング》〟この青年の正体とは……。

か-7-7　0367

ブギーポップ・カウントダウン エンブリオ浸蝕
上遠野浩平
イラスト／緒方剛志

ISBN4－8402－1358－5

人の心に浸蝕し、尋常ならざる力を覚醒させる存在〝エンブリオ〟。その謎を巡って繰り広げられる、熾烈な戦い。果たしてブギーポップは誰を敵とするのか——。

か-7-8　0395

ブギーポップ・ウィキッド エンブリオ炎生
上遠野浩平
イラスト／緒方剛志

ISBN4－8402－1414－X

謎のエンブリオを巡る、見えぬ糸に操られた人々の物語がここに完結する。宿命の二人が再び相まみえる時、その果てに待つのは地獄か未来か、それとも——。

か-7-9　0420

ブギーポップ・パラドックス
ハートレス・レッド
上遠野浩平
イラスト／緒方剛志

ISBN4－8402－1736－X

九連内朱巳、ミセス・ロビンソン、霧間凪そしてブギーポップ。謎の能力を持つ敵を4人が追う。恋心が〝心のない赤《ハートレス・レッド》〟に変わるとき少女は何を決断するのか？

か-7-11　0521

電撃文庫

ダブルブリッド

中村恵里加
イラスト／藤倉和音

ISBN4－8402－1417－4

特異遺伝因子保持生物―通称〝怪〟。その宿命を背負う少女、片倉優樹が青年・山崎太一朗と出会ったとき―。第6回電撃ゲーム小説大賞〈金賞〉受賞作、登場！

な-7-1　0423

ダブルブリッドII

中村恵里加
イラスト／藤倉和音

ISBN4－8402－1490－5

人の血を糧とするアヤカシ――吸血鬼と対峙した優樹の胸に芽生えたものは!? 第6回電撃ゲーム小説大賞〈金賞〉受賞作の続編が早くも登場!!

な-7-2　0436

ダブルブリッドIII

中村恵里加
イラスト／たけひと

ISBN4－8402－1586－3

大陸からやってきた大戦期の人型兵器、哪吒。その哪吒と、片倉優樹の運命が交錯したとき、その悲劇は起こった――。人気沸騰のシリーズ第3弾、登場！

な-7-3　0462

ダブルブリッドIV

中村恵里加
イラスト／たけひと

ISBN4－8402－1683－5

高橋幸児の死体を運んでいた輸送車が炎上、死体はその場から消え去った。一方、出向期間終了を間近に控えた太一朗はある決意で優樹のもとに向かうのだが……。

な-7-4　0498

ダブルブリッドV

中村恵里加
イラスト／たけひと

ISBN4－8402－1738－6

京都でひとりのアヤカシが殺害された。調査のため京都に向かった片倉優樹が見たものは……？　一方、休暇を利用して実家に帰った山崎太一朗は――。

な-7-5　0522

電撃文庫

リングテイル 勝ち戦の君
円山夢久
イラスト／山村 路
ISBN4－8402－1418－2
伝説の騎士〈勝ち戦の君〉の正体とは…!? そして憧れの魔道師長と共に行軍し成長していく魔道師見習いマーニの運命は!? 第6回電撃ゲーム小説大賞〈大賞〉受賞作。
ま-5-1 0424

リングテイル② 凶運のチャズ
円山夢久
イラスト／山村 路
ISBN4－8402－1599－5
古の白き魔物の魔法に捕われ、マーニは奇妙な谷に迷い込んだ。そこで出会った盗賊の頭は、自らを凶運のチャズと名乗るが……。ハイ・ファンタジー第2弾！
ま-5-2 0467

リングテイル③ グードゥー狩り
円山夢久
イラスト／山村 路
ISBN4－8402－1699－1
上古の時代に迷い込んだマーニ。名うての盗賊チャズと共に正体不明の化け物を狩るため、ひとつ目の怪異が跋扈する森羅の森に赴くが……。シリーズ第3弾！
ま-5-3 0503

リングテイル④ 魔道の血脈
円山夢久
イラスト／山村 路
ISBN4－8402－1739－4
チャズがついに叛旗を翻した！ 運命の〈スールの日〉、チャズ、ゴヴァナン、そして魔道王スウァルタが死の谷へ集結する…。〈凶運のチャズ〉編、感動の完結！
ま-5-4 0528

パンツァーポリス1935
川上 稔
イラスト／しろー大野
ISBN4－8402－0557－4
変形成長する飛行戦闘艦。光剣で斬りむすぶ空中戦。そしてしろー大野が描くにぎやかなキャラクターたち。第3回電撃ゲーム小説大賞〈金賞〉受賞作現る！
か-5-1 0149